AXAR OFTEN

Flüstern im Schatten

Copyright © 2024 by Axar Often

All rights reserved. No part of this publication may be reproduced, stored or transmitted in any form or by any means, electronic, mechanical, photocopying, recording, scanning, or otherwise without written permission from the publisher. It is illegal to copy this book, post it to a website, or distribute it by any other means without permission.

This novel is entirely a work of fiction. The names, characters and incidents portrayed in it are the work of the author's imagination. Any resemblance to actual persons, living or dead, events or localities is entirely coincidental.

Axar Often asserts the moral right to be identified as the author of this work.

Axar Often has no responsibility for the persistence or accuracy of URLs for external or third-party Internet Websites referred to in this publication and does not guarantee that any content on such Websites is, or will remain, accurate or appropriate.

Designations used by companies to distinguish their products are often claimed as trademarks. All brand names and product names used in this book and on its cover are trade names, service marks, trademarks and registered trademarks of their respective owners. The publishers and the book are not associated with any product or vendor mentioned in this book. None of the companies referenced within the book have endorsed the book.

First edition

This book was professionally typeset on Reedsy. Find out more at reedsy.com

Contents

Die Rückkehr nach Graymoor	1
Eine Stadt voller Geheimnisse	14
Geister der Vergangenheit	32
Die dunkle Gestalt im Wald	52
Unter der Oberfläche	75
Die Folgen	99
Die Abrechnung	122

Die Rückkehr nach Graymoor

Das Auto rumpelte die kurvenreiche Straße hinunter, und seine Scheinwerfer durchdrangen kaum den dichten Nebel, der an den Bäumen hing. Detective Cole war seit fast einem Jahrzehnt nicht mehr in Graymoor gewesen, aber als die vertraute Stadt in Sicht kam, konnte er das Gefühl nicht unterdrücken, das sich in seinem Magen bildete. Die malerischen Häuser, die alten Backsteingebäude und die drohenden Wälder am Stadtrand flüsterten Erinnerungen in ihn hinein, die er lieber vergessen wollte.

Als er vor der Polizeiwache anhielt, holte er tief Luft und hielt das Lenkrad einen Moment länger als nötig fest. Er hatte nicht vorgehabt, noch einmal zurückzukommen – nicht nach allem, was geschehen war. Aber der Mord hatte ihn angezogen wie eine Motte das Licht. Eine Kleinstadt wie Graymoor war nicht darauf vorbereitet, mit so etwas umzugehen, und trotz der Spannungen hatte Sheriff Miller ihn als letzten Ausweg gerufen.

Cole stieg aus dem Auto, die kühle Nachtluft umhüllte ihn wie eine erstickende Decke. Er blickte durch die Straßen, die zu dieser späten Stunde leer waren, aber die Stille fühlte sich falsch an. Dieser Ort war immer zu ruhig, zu still gewesen. Er konnte fast das Flüstern der Vergangenheit hören, das ihn

anschlich. Seine Schwester, der Wald, diese schreckliche Nacht
…

Er schüttelte die Gedanken ab und betrat die Wache. Die Luft war erfüllt vom Duft von Kaffee und Papierkram. Ein junger Beamter am Schreibtisch blickte auf und riss die Augen auf, als er Cole erkannte. „Detective Cole? Sheriff Miller hat Sie erwartet."

Cole nickte knapp und folgte dem Beamten durch einen schmalen Flur, vorbei an alten, vergilbten Steckbriefen und Anschlagtafeln mit Informationen zu Ereignissen in der Stadt. Es fühlte sich an, als wäre die Zeit in Graymoor stehen geblieben. Die gleiche alte Stadt, die gleichen alten Geister.

Als er das Büro des Sheriffs betrat, stand Miller mit den Händen in den Hüften am Fenster und starrte in die Nacht hinaus. Er drehte sich um, als Cole näher kam, und einen Moment lang sprach keiner der beiden Männer. Es gab zu viel Vergangenheit zwischen ihnen für eine beiläufige Begrüßung.

„Du bist zurück", sagte Miller schließlich mit monotoner Stimme.

Cole verschränkte die Arme. „Ich dachte, ich wäre nicht willkommen."

Miller zuckte mit kalten Augen die Achseln. „Wir haben nicht den Luxus, uns auszusuchen, wen wir für diesen Fall haben wollen. Du bist hier, weil ich dich brauche. Denk nicht eine Sekunde lang, dass das irgendetwas zwischen uns ändert."

Cole lächelte bitter. „Daran würde ich nicht im Traum denken."

Die Spannung im Raum war greifbar, aber es war keine Zeit für alten Groll. Cole konnte es spüren – die Dringlichkeit, die Dunkelheit, die sich über Graymoor gelegt hatte. Er war nicht nur hier, um einen Mord aufzuklären. Er war hier, um sich seinen Dämonen zu stellen, ob er bereit war oder nicht.

Der Tatort lag etwas außerhalb der Stadt, tief in den Wäldern, die an Graymoor grenzten. Cole war vor Jahren schon einmal in diesen Wäldern gewesen, aber nie unter diesen Umständen. Die Reifen des Streifenwagens knirschten auf der Schotterstraße, als er und Sheriff Miller sich dem gelben Band näherten, das das Gebiet absperrte. Die Beamten standen verstreut herum und unterhielten sich mit gedämpfter Stimme, ihr Atem war in der kalten Nachtluft sichtbar.

Cole stieg aus dem Auto und spürte sofort die Schwere des Waldes um ihn herum. Die Bäume ragten wie stumme Zeugen auf, ihre Äste warfen im Mondlicht zackige Schatten. Er konnte die feuchte Erde riechen, den schwachen Duft von Kiefern und noch etwas – einen schwachen metallischen Geruch, den er nur zu gut kannte. Blut.

„Hier entlang", murmelte Miller und deutete mit dem Kopf in Richtung der Lichtung vor ihm.

Während sie gingen, bemerkte Cole, dass die jüngeren Beamten Abstand hielten und miteinander flüsterten. Er musste ihre Worte nicht hören, um zu wissen, was sie dachten. Außenseiter. Stadtdetektiv. Ärger.

Als sie die Lichtung erreichten, fiel Coles Blick auf die Leiche. Eine junge Frau, nicht älter als zwanzig, lag auf dem kalten Boden, ihre Gliedmaßen in einer unnatürlichen Position. Ihre Kleidung war zerrissen und ihre Haut war blass, fast gespenstisch im Licht der Taschenlampe. Was ihn am meisten beeindruckte, war ihr Gesicht – erstarrt in einem Ausdruck des Schreckens, ihre aufgerissenen Augen starrten ausdruckslos in den dunklen Himmel.

Doch es war das Symbol, das in den Baum neben ihr geschnitzt war, das ihm den Magen umdrehte. Es war grob, aber absichtlich – eine Reihe ineinandergreifender Linien und Kreise, eine Form, die ihm auf eine Weise bekannt vorkam, die Cole nicht ganz einordnen konnte.

„Was zum Teufel ist das?", fragte Cole und nickte in Richtung des Symbols.

Miller schüttelte den Kopf. „Wir wissen es nicht. So etwas haben wir zum ersten Mal gesehen. Aber es ist nicht einfach eine willkürliche Gewalttat. Wer auch immer das getan hat … er wollte eine Botschaft senden."

Cole kniete neben der Leiche und achtete darauf, nichts zu bewegen. Er bemerkte den Schmutz unter ihren Nägeln, die leichten Blutergüsse an ihren Handgelenken. Sie hatte sich gewehrt. Aber wer auch immer das getan hatte, war stärker und besser vorbereitet. Er konnte es an der Präzision der Schnitte erkennen, an der methodischen Art, wie sie hier zurückgelassen worden war, wie eine makabre Zurschaustellung.

„Haben Sie einen Ausweis bei sich?", fragte Cole und stand auf.

„Ja", antwortete Miller mit angespannter Stimme. „Ihr Name ist Emma Callahan. Sie wohnte am Stadtrand. Sie war College-Studentin und kam für den Sommer hierher zurück, um ihren Eltern im Familiengeschäft zu helfen."

Cole runzelte die Stirn. Er kannte den Namen nicht, aber das war nicht überraschend. Er war zu lange aus Graymoor weg gewesen, um all die neuen Gesichter zu kennen. Dennoch rührte der Gedanke, dass jemand so jung, mit dem ganzen Leben noch vor sich, auf diese Weise genommen wurde, etwas tief in ihm.

„Wer hat sie gefunden?", fragte Cole und suchte die Umgebung nach Anzeichen eines Kampfes ab.

„Hikers", sagte Miller. „Habe heute Nachmittag gemeldet.

Sie ist seit mindestens vierundzwanzig Stunden hier draußen, vielleicht länger."

Cole nickte und reimte sich bereits auf die Zeitleiste. Er trat näher an den Baum heran und betrachtete das Symbol noch einmal. Es fühlte sich wie eine Warnung an, eine Drohung von jemandem, der genau wusste, was er tat. Wer auch immer das getan hatte, war nicht irgendein zufälliger Mörder. Dieser Mord hatte einen Zweck und Cole hatte das Gefühl, dass es nicht der letzte sein würde.

„Wer auch immer das getan hat", sagte Cole leise, „er ist noch nicht fertig."

Zurück auf der Wache war die Spannung greifbar. Der kleine, enge Raum war voller Beamter, die es offensichtlich nicht schätzten, einen Außenseiter in ihrer Mitte zu haben. Cole spürte ihre Blicke auf sich, als er eintrat, und Gemurmel ging durch den Raum wie eine unausgesprochene Anschuldigung. Er wusste, was sie dachten – er war hier, um die Macht zu übernehmen, um sie bloßzustellen. Es spielte keine Rolle, dass er hier war, um zu helfen; sie verabscheuten ihn trotzdem.

Sheriff Miller ging vor ihm her, und die Stille zwischen ihnen war schwerer als die Mauern, die näher kamen. Die Stadt war nie groß genug für zwei Menschen wie ihn und Miller gewesen, weder damals noch heute. Cole spürte es in jeder steifen Geste, jedem Seitenblick.

Sobald sie den Besprechungsraum betraten, drehte sich Miller abrupt um, sein Gesicht war von Frustration gezeichnet. „Lassen Sie uns eins klarstellen, Cole. Ich habe Sie gerufen, weil wir Hilfe brauchen. Diese Stadt braucht Hilfe. Aber denken Sie nicht eine Sekunde lang, dass ich die Kontrolle über diese Ermittlungen abgebe. Sie sind als Berater hier, mehr nicht."

Cole lehnte sich mit verschränkten Armen an die Tischkante.

„Ich bin nicht hier, um Ihnen auf die Füße zu treten, Sheriff. Ich bin hier, um das Problem zu lösen. Sie und ich wissen beide, dass Ihre Abteilung nicht die Erfahrung hat, um mit so etwas umzugehen."

Miller kniff die Augen zusammen. „Wir haben schon früher Fälle bearbeitet. Wir sind kein Hinterwäldler-Unternehmen."

Cole erwiderte seinen Blick, ohne mit der Wimper zu zucken. „Das ist kein gewöhnlicher Fall, Miller. Das Symbol am Baum? Die Art, wie sie dort zurückgelassen wurde? Das ist anders. Und das weißt du."

Im Raum herrschte Totenstille, während die Beamten so taten, als seien sie beschäftigt, obwohl es klar war, dass alle zuhörten. Millers Kiefer spannte sich an, und einen Moment lang dachte Cole, er würde direkt hier vor allen explodieren. Doch stattdessen trat der Sheriff näher, seine Stimme war leise und hart.

„Denken Sie nicht, dass ich nicht weiß, warum Sie zurückgekommen sind", murmelte Miller kaum lauter als ein Flüstern. „Sie sind nicht nur wegen dieses Falles hier. Sie jagen Geister."

Cole spürte, wie Wut in ihm aufstieg, aber er unterdrückte sie. Er würde nicht darauf hereinfallen. „Ich bin zurückgekommen, weil da draußen ein Mörder ist und du meine Hilfe brauchst. Der Rest? Das ist egal."

Miller starrte ihn einen langen Moment an, bevor er sich an die versammelten Beamten wandte. „Also gut, hört zu! Detective Cole ist hier, um bei den Ermittlungen zu helfen. Er hat Erfahrung mit Fällen wie diesem, also erwarte ich von euch, dass ihr kooperiert, aber denkt daran – das ist immer noch unsere Stadt. Wir haben das Sagen. Verstanden?"

Es gab ein paar gemurmelte Antworten, aber niemand sprach es direkt aus. Cole konnte die Feindseligkeit spüren, die

Unwilligkeit, einen Außenseiter in ihre Reihen aufzunehmen. Er wusste, was sie von ihm hielten – ein hochkarätiger Detektiv aus der Stadt, der in die Stadt zurückkehrte, die ihn nie wirklich akzeptiert hatte. Sie vertrauten ihm nicht, und vielleicht hatten sie recht.

Aber es ging nicht darum, gemocht zu werden. Es ging darum, einen Mörder zu finden.

Miller drehte sich wieder zu Cole um, sein Gesichtsausdruck war undurchschaubar. „Ich werde Sie morgen früh über die nächsten Schritte informieren. Bis dahin bleiben Sie mir aus dem Weg."

Cole nickte nur und beobachtete, wie der Sheriff hinausging und im Rest des Raumes betretenes Schweigen zurückließ. Als die Tür hinter ihm ins Schloss fiel, spürte Cole die Last der ganzen Sache, die ihn erdrückte. In diesem Fall ging es nicht nur darum, einen Mord aufzuklären; es ging darum, alte Wunden und Spannungen zu verarbeiten, die nie verheilt waren.

Und er hatte das ungute Gefühl, dass das Schlimmste noch bevorstand.

Nachdem Cole den Bahnhof verlassen hatte, fuhr er durch die ruhigen Straßen von Graymoor. Die Stadt war fast unverändert – klein, isoliert und nach Einbruch der Dunkelheit unheimlich still. Es war die Art von Ort, an dem jeder jeden kannte, wo Geheimnisse hinter verschlossenen Türen geflüstert, aber selten laut ausgesprochen wurden. Und Graymoor hatte jede Menge Geheimnisse.

Er war nicht nur wegen des Mordes zurückgekommen. Das wusste er. Die Heimkehr weckte tief vergrabene Erinnerungen – seine Schwester, den Wald und die unbeantworteten Fragen, die ihn jahrelang verfolgt hatten. Es war zu lange her, seit er sich seiner Vergangenheit gestellt hatte, und jetzt, wo er hier war, war es unmöglich, ihr auszuweichen. Jede Straße, jedes Gebäude, jedes vertraute Wahrzeichen fühlte sich wie ein Geist an, der ihn zu Dingen zurückrief, denen er sich nicht sicher war, ob er bereit war, sich ihnen zu stellen.

Coles Auto wurde langsamer, als er an dem alten Diner vorbeifuhr, dessen Neonreklame schwach flackerte. Er erinnerte sich daran, wie er als Teenager in diesen Sitzecken gesessen hatte und seine Schwester Lana ihn beim Kaffee neckte, während sie darauf warteten, dass ihre Eltern sie abholten. Sie war damals das strahlende Licht in seinem Leben gewesen, immer voller Leben und Lachen. Bis zu jener Nacht. Der Nacht, in der sie nie nach Hause kam.

Er hielt rechts ran, seine Finger umklammerten das Lenkrad, während die Erinnerungen an jene Nacht wieder hochkamen. Natürlich hatte die Polizei eine Suche durchgeführt, aber Graymoor war klein und die Ressourcen waren begrenzt. Aus Tagen wurden Wochen und dann Monate. Irgendwann war die Suche vorbei. Die Leute zogen weiter. Aber Cole tat das nie.

Er schüttelte die Erinnerungen ab, stieg aus dem Auto, lehnte sich dagegen und genoss den Anblick der Stadt im sanften Licht der Straßenlaternen. Die Nachtluft war kalt und biss auf seine Haut, aber sie half ihm, den Kopf freizubekommen. Der Fall, zu dem er gerufen worden war, hatte nichts mit Lana zu tun, aber er fragte sich unwillkürlich, ob die beiden Fälle irgendwie miteinander verbunden waren. Das Symbol, der Wald, das Gefühl, dass etwas direkt unter der Oberfläche lauerte – das alles kam ihm zu vertraut vor.

Plötzlich hallten Schritte die Straße hinunter. Cole war angespannt, seine Instinkte meldeten sich. Er drehte sich um und sah einen älteren Mann näherkommen – sein Gang war langsam und bedächtig. Cole brauchte einen Moment, um ihn zu erkennen.

„Mr. Halvorsen?", rief Cole überrascht. Der Mann war, seit Cole sich erinnern konnte, ein fester Bestandteil der Stadt, immer derjenige, der ein freundliches Wort und eine Geschichte zu erzählen hatte.

Halvorsen blinzelte im Dämmerlicht, sein Gesicht war von den Jahren zerfurcht. „Cole? Bist du das, Junge? Ich dachte, ich hätte gehört, du wärst wieder in der Stadt." Seine Stimme war rau und trug die Last der Zeit und Erfahrung in sich.

Cole nickte. „Bin heute erst angekommen."

Halvorsen lachte leise, aber nicht sehr herzlich. „Du kannst nicht von diesem Ort wegbleiben, was? Du warst schon immer der neugierige Typ."

Cole lächelte halb. „Schätze nicht. Du weißt, wie das ist."

Halvorsens Gesichtsausdruck veränderte sich, seine Augen verdunkelten sich leicht, als er über die Stadt blickte. „Graymoor hat sich nicht viel verändert, aber dieser Ort hatte schon immer etwas ... Besonderes. Das wissen Sie besser als die meisten."

Cole antwortete nicht, aber er konnte die unausgesprochenen Worte zwischen ihnen spüren. Halvorsen war einer der wenigen Menschen gewesen, die ihm vor all den Jahren geglaubt hatten und versucht hatten, ihm bei der Suche nach Antworten zu helfen, als andere schon aufgegeben hatten.

„Ich habe von dem Mädchen gehört", fuhr Halvorsen nach einer langen Pause fort. „So etwas passiert hier nicht. Nicht oft. Aber wenn es passiert ..." Er verstummte, als wüsste er nicht, wie er den Satz beenden sollte.

Cole runzelte die Stirn, da er spürte, dass der alte Mann etwas verschwieg. „Wenn sie es tun, was dann?"

Halvorsen schüttelte langsam den Kopf. „Manche Dinge bleiben besser begraben, mein Sohn. Wenn du anfängst zu graben, gefällt dir vielleicht nicht, was du findest."

Es war eine Warnung, aber Cole hatte sich bereits entschieden. Jetzt gab es kein Zurück mehr. „Ich werde mein Glück versuchen."

Halvorsen seufzte, seine Augen füllten sich mit einer Mischung aus Traurigkeit und Resignation. „Sei einfach vorsichtig, Cole. Dieser Ort ... er hat die Angewohnheit, Menschen ganz zu verschlucken."

Als der alte Mann davonging, klangen seine Worte noch in der kühlen Nachtluft nach. Cole blieb noch eine Weile stehen und starrte die leere Straße hinunter. Er wusste, dass er schon zu tief drinsteckte. Graymoor hatte ihn zurückgerufen, und was auch immer ihn in diesen Wäldern erwartete, er würde es finden.

Doch als die Vergangenheit ihn immer stärker erfasste, fragte er sich unwillkürlich: Würde sie ausreichen, um ihn erneut völlig zu zerstören?

Am nächsten Morgen kehrte Cole zum Tatort zurück, entschlossen, jeden Zentimeter mit frischen Augen zu untersuchen. Das frühe Licht fiel durch die dichten Bäume und warf lange Schatten auf die Lichtung, auf der Emma Callahans Leiche gefunden worden war. Die Polizei hatte die Leiche bereits weggebracht, aber die unheimliche Atmosphäre des Ortes war noch immer spürbar.

Cole hockte sich neben den Baum, in den das seltsame Symbol geritzt worden war. Er fuhr mit seinen Fingern die Ränder der Markierung nach und betastete die rauen Rillen in der Rinde. Es war nicht einfach nur zufällig – es war Absicht, absichtlich. Wer auch immer das getan hatte, wollte, dass es gesehen wurde.

„Symbole müssen etwas bedeuten", murmelte er leise. „Aber was?"

Als er aufstand, fiel ihm etwas auf – ein Lichtschimmer, der vom Boden am Fuße des Baumes reflektiert wurde. Er trat näher und schob vorsichtig Blätter und Erde beiseite. Dort, halb in der Erde vergraben, lag ein kleines Stück Metall, leicht verrostet, aber noch intakt. Er hob es auf und drehte es in seiner Hand. Es war ein Schlüssel, alt und abgenutzt, mit einer charakteristischen Form – eine Reihe komplizierter Rillen, die darauf hindeuteten, dass er für ein Schloss war, aber nicht für irgendein Schloss. Es sah antik aus.

„Was zum Teufel hast du verheimlicht, Emma?", flüsterte Cole vor sich hin und steckte den Schlüssel ein.

In diesem Moment hörte er hinter ihm knirschende Schritte. Cole drehte sich um und sah Mia Spencer, die Lokalreporterin der Stadt, am Rand der Lichtung stehen. Sie hatte einen scharfen Blick – immer auf der Suche nach einer Story, nie eine, die vor einer schwierigen Frage zurückschreckte. Sie war ein Kind gewesen, als Cole Graymoor verließ, aber jetzt war sie eine der wenigen, die nicht vergessen hatten, wie seltsam die Dinge in dieser Stadt waren.

„Ich habe nicht erwartet, Sie so früh hier zu sehen", sagte sie und trat näher, ihr Notizbuch bereits in der Hand.

„Ich habe auch nicht mit dir gerechnet, Spencer", antwortete Cole in neutralem Ton. Er war nicht in der Stimmung für eine Presseberichterstattung.

„Ich dachte, du wärst wegen so etwas wieder in der Stadt", sagte Mia und ließ ihren Blick über den Tatort schweifen. „Ein Mord wie dieser ... nicht gerade die Art von Sache, mit der

Graymoor oft zu tun hat. Dachte, du hättest vielleicht eine Theorie."

„Bin noch dabei, die Dinge zusammenzusetzen", sagte Cole und wandte sich ab, in der Hoffnung, dass sie den Wink verstand.

Aber Mia war nicht der Typ, der so leicht nachgab. „Ich habe gehört, sie haben in der Nähe der Leiche etwas Seltsames gefunden. Irgendeine Art Symbol? Die Leute reden schon darüber – sie sagen, es sei Teil eines Rituals."

Coles Kiefer spannte sich an. „Die Leute reden zu viel."

„Vielleicht. Aber dieser Ort hat seine Geheimnisse, Detective. Das wissen Sie besser als jeder andere."

Er sah sie an und begegnete ihrem Blick. Sie hatte nicht Unrecht. In Graymoor gab es schon immer seltsame Vorkommnisse, Geschichten, die von den älteren Generationen geflüstert wurden, Warnungen vor den Wäldern und Dingen, die im Schatten lauerten. Aber Cole hatte keine Zeit für alten Aberglauben. Er musste einen Mord aufklären und jetzt einen Schlüssel finden.

„Möchten Sie noch etwas fragen?", sagte Cole in der Hoffnung, das Gespräch abzuschließen.

Mia lächelte schwach. „Du kennst mich. Ich bin immer auf der Suche nach einer Story. Aber wenn etwas Größeres passiert, Cole, wirst du Hilfe brauchen. Vielleicht bist du damit nicht so allein, wie du denkst."

Cole antwortete nicht. Er sah zu, wie Mia sich umdrehte und zurück in die Stadt ging, und ließ ihn wieder allein auf der Lichtung zurück. Er zog den Schlüssel aus seiner Tasche und drehte ihn in seiner Hand.

Was auch immer dieser Schlüssel öffnete, er war wichtig. Emma war nicht einfach nur ein zufälliges Opfer gewesen. Es gab mehr zu ihrer Geschichte, etwas, das sie verborgen hatte. Und dieser Schlüssel – er war der erste Schritt zur Enthüllung der Wahrheit.

Aber als Cole da stand und das Gewicht in seiner Hand spürte, konnte er das Gefühl der Angst nicht abschütteln, das ihm den Rücken hinaufkroch. Je tiefer er in Graymoors Geheimnisse eindrang, desto düsterer wurden sie.

Und irgendetwas sagte ihm, dass dieser Schlüssel nicht nur eine Tür öffnen würde – er würde die Büchse der Pandora öffnen.

Eine Stadt voller Geheimnisse

Cole saß an seinem provisorischen Schreibtisch im Polizeirevier von Graymoor und starrte auf den wachsenden Stapel Akten vor ihm. Je mehr er sich mit Emma Callahans Leben befasste, desto mehr Fragen kamen ihm. Das Mädchen schien eine typische College-Studentin zu sein – gute Noten, ein ruhiges Leben. Nichts an ihr deutete auf Ärger hin, und dennoch war sie tot im Wald gelandet, unter Umständen, die alles andere als normal schienen.

Er schlug eine der Akten auf und überflog die von der örtlichen Polizei gesammelten Informationen. Aussagen von Freunden, Kollegen und Verwandten zeichneten das Bild eines Mädchens aus der Kleinstadt, das für den Sommer nach Hause gekommen war, um im notleidenden Eisenwarenladen ihrer Eltern zu helfen. Nichts Ungewöhnliches. Keine Warnzeichen. Aber dann war da der Schlüssel, den er am Tatort gefunden hatte. Er gehörte nicht zu Emmas Haus oder einem anderen Ort, den die Polizei überprüft hatte. Was auch immer er öffnete, es war kein Teil ihres alltäglichen Lebens.

Cole lehnte sich in seinem Stuhl zurück, und die Frustration nagte an ihm. Es musste etwas geben, das er übersehen hatte, einen Zusammenhang, den er nicht sah. Er griff nach seinem Notizbuch und notierte sich in seiner engen, bewussten

Handschrift Fragen.

- Was machte Emma im Wald?
- Warum das Symbol auf dem Baum?
- Wem gehört der Schlüssel?

Bevor er den Satz beenden konnte, öffnete sich quietschend die Tür zu seinem Büro. Sheriff Miller kam herein. Sein Gesichtsausdruck war eine Mischung aus Ärger und Erschöpfung.

„Wir haben nichts", sagte Miller und ließ einen dünnen Ordner auf Coles Schreibtisch fallen. „Keine neuen Hinweise. Niemand in der Stadt weiß etwas – oder zumindest redet niemand."

Cole machte sich nicht einmal die Mühe, einen Blick auf die Mappe zu werfen. „Glauben Sie, sie verbergen etwas?"

Miller zuckte mit den Schultern, aber die Anspannung in seinen Schultern verriet ihn. „Diese Stadt war schon immer gut darin, Geheimnisse zu bewahren. Die Leute halten den Kopf gesenkt und kümmern sich um ihre eigenen Angelegenheiten. Aber irgendetwas hier ... ist anders."

„Die Leute haben Angst", antwortete Cole und kritzelte eine Notiz in den Rand seines Notizbuchs. „Sie mussten sich noch nie zuvor mit so etwas auseinandersetzen."

„Genau. Und wenn sie etwas wissen, werden sie es uns nicht sagen, es sei denn, wir zwingen sie dazu."

Cole sah auf und begegnete Millers Blick. „Wir müssen stärker vorgehen. Jemand hat etwas gesehen. Jemand weiß etwas. Emma war nicht nur zufällig dort draußen."

Miller presste die Lippen aufeinander und Cole dachte einen Moment lang, er könnte zurückschlagen, aber stattdessen seufzte der Sheriff. „Das gefällt mir nicht, aber Sie haben Recht.

Wir müssen wieder anfangen, Leute zu befragen. Und da ist jemand, mit dem wir noch nicht gesprochen haben."

„Wer?", fragte Cole und richtete sich in seinem Stuhl auf.

Miller warf einen Blick auf die Akte auf dem Schreibtisch und verengte leicht seine Augen. „Ihr Ex-Freund. Adam Holt."

Cole hob eine Augenbraue. „Er war nicht in den ersten Berichten."

„Das liegt daran, dass er vor ein paar Monaten die Stadt verlassen hat. Sie hatten eine schlimme Trennung und er ist vorzeitig zum College gegangen. Aber in der Stadt heißt es, er sei letzte Woche zurückgekommen, kurz bevor Emma verschwunden ist."

Coles Gedanken rasten. Ein Ex-Freund, der plötzlich wieder auftauchte, kurz bevor Emma ermordet wurde? Das war ein zu großer Zufall, um ihn zu ignorieren. „Wo ist er jetzt?"

„Immer noch in der Stadt. Er wohnt im Haus seiner Eltern. Ich habe bereits jemanden geschickt, der ihn zum Verhör abholt."

Cole nickte. „Gut. Er ist unsere erste Spur und wir müssen schnell handeln. Wenn er irgendetwas weiß – irgendetwas – müssen wir es herausfinden, bevor die Stadt noch stärker abgeriegelt wird."

Miller grunzte zustimmend, dann zögerte er, als würde er seine nächsten Worte abwägen. „Hör zu, Cole ... ich weiß, wir hatten unsere Differenzen. Aber dieser Fall ... er ist größer als jeder von uns. Wenn wir der Sache nicht auf den Grund gehen, wird es nur noch schlimmer."

Cole stand auf und schnappte sich seine Jacke von der Stuhllehne. „Dann sollten wir uns besser an die Arbeit machen."

Als sie zur Tür gingen, wurde Cole das Gefühl nicht los, dass in Graymoor mehr vor sich ging als nur ein Mord. Diese Stadt war auf Geheimnissen aufgebaut und Emma Callahans Tod war nur der Anfang von etwas noch Dunklerem. Etwas, das jahrelang schwelte und nur auf den richtigen Moment wartete, um sich zu offenbaren.

Und was auch immer es war, Cole war kurz davor, es weit aufzureißen.

Als Cole und Miller die Wache verließen, erklang plötzlich das vertraute Knistern des Polizeifunks im Streifenwagen des Sheriffs. Eine angespannte, gehetzte Stimme drang durch das Rauschen.

„Sheriff, wir haben ein weiteres Problem", knisterte Deputy Harris' Stimme über Funk. „Ein weiteres Kind ist verschwunden. Anna Weller. Siebzehn. Ihre Eltern haben es gerade gemeldet."

Millers Augen blitzten vor Schreck und Cole spürte sofort, wie sich sein Magen verkrampfte. Noch eine vermisste Person, kurz nach Emma Callahans Ermordung? Der Zeitpunkt war nicht zu übersehen.

„Wo wurde sie zuletzt gesehen?", fragte Miller und nahm das Radio vom Armaturenbrett.

„Ihre Eltern sagten, sie habe das Haus gegen Abend verlassen, um sich mit Freunden zu treffen, sei aber nie nach Hause gekommen. Sie haben die ganze Nacht versucht, sie zu erreichen. Ihr Telefon ist ausgeschaltet", antwortete Harris mit angespannter Stimme. „Sie befürchten, sie könnte in den Wald gegangen sein."

Coles Gedanken rasten bereits. Wieder der Wald. Es war derselbe Ort, an dem Emma gefunden worden war, und jetzt fehlte noch ein Teenager? Irgendetwas stimmte nicht – diese Verschwinden geschahen nicht zufällig. Wer auch immer dafür verantwortlich war, war noch nicht erledigt.

„Ich gehe jetzt dorthin", sagte Miller und drehte sich mit grimmigem Blick zu Cole um. „Wir müssen mit ihren Eltern sprechen und herausfinden, ob es eine Verbindung zu Emma gibt."

Cole nickte, aber seine Gedanken waren schon einen Schritt weiter. Wenn dies dieselbe Person war, die Emma getötet hatte, bewegte sie sich schnell. Zu schnell. „Ich komme mit. Wir müssen herausfinden, ob Anna etwas über Emma wusste. Vielleicht hat sie etwas gesehen, was sie nicht sehen sollte."

Miller nickte knapp und sie stiegen beide in den Streifenwagen. Während sie durch die engen Straßen von Graymoor brausten, schienen sich die dunklen Schatten der Stadt auszudehnen, als ob der Ort selbst seine Geheimnisse geheim halten wollte.

Als sie bei Wellers Haus ankamen, war es wie ein Leuchtfeuer in der Dunkelheit erleuchtet, aber die Atmosphäre drinnen war alles andere als herzlich. Mr. und Mrs. Weller, ein Paar mittleren Alters, dem die Sorge tief ins Gesicht geschrieben stand, standen an der Haustür und umklammerten sich gegenseitig. Mrs. Wellers Augen waren rot vom Weinen und ihre Stimme zitterte, als sie sprach.

„Das hat sie noch nie gemacht", sagte Mrs. Weller und drehte nervös ihre Hände. „Anna meldet sich immer, wenn sie spät weg ist. Sie hätte schon vor Stunden zurück sein sollen."

Miller trat vor, seine Stimme war ruhig, aber bestimmt. „Hat sie in letzter Zeit irgendetwas Ungewöhnliches erwähnt? Jemanden Neues, mit dem sie Zeit verbracht hat?"

Mrs. Weller schüttelte den Kopf. „Nein... sie hat einen kleinen Freundeskreis. Sie wollten sich im Diner treffen, aber keiner von ihnen hat sie gesehen. Sie ist nie aufgetaucht."

Cole beugte sich leicht vor. „Kannte Anna Emma Callahan?"

EINE STADT VOLLER GEHEIMNISSE

Mr. Weller sah verwirrt aus. „Emma? Das glaube ich nicht. Anna hat sie nie erwähnt."

„Nicht einmal im Vorbeigehen? Sie hatten keine gemeinsamen Freunde?", drängte Cole.

Mrs. Weller zögerte, dann sah sie ihren Mann an. „Nun ja … Anna hat erwähnt, dass sie von Emmas Tod gehört hat. Alle in der Stadt haben darüber gesprochen. Aber sie schien sie nicht persönlich zu kennen."

Cole tauschte einen Blick mit Miller. Irgendetwas stimmte immer noch nicht. Zwei Mädchen, nah beieinander im Alter, beide ungefähr zur gleichen Zeit verschwunden – eine wurde tot aufgefunden, die andere wird vermisst. Es musste eine Verbindung geben, auch wenn sie nicht sofort offensichtlich war.

„Wir werden sie finden", sagte Cole leise, aber entschlossen. „Aber wir müssen schnell handeln. Gab es einen Ort, an den Anna gerne ging, wenn sie Zeit für sich brauchte? Irgendeinen Ort, an den sie gegangen sein könnte, ohne es jemandem zu sagen?"

Mrs. Weller biss sich auf die Lippe und dachte angestrengt nach. „Sie liebte den See… aber der ist meilenweit entfernt und sie würde nachts nie allein dorthin gehen."

„Der Wald?", fragte Cole mit angespannter Stimme.

Mrs. Wellers Augen füllten sich mit neuen Tränen. „Sie ist früher dort hingegangen, als sie jünger war, aber in letzter Zeit nicht mehr. Nicht, seit die Geschichten über diesen Wald wieder die Runde machten."

Coles Puls beschleunigte sich. „Welche Geschichten?"

Mr. Weller fiel ihr mit grimmiger Miene ins Wort. „Das ist bloß altes Stadtgeschichtsmärchen – Zeug, dass der Wald verflucht oder verflucht sei. Das ist Unsinn. Aber nach dem, was mit dem Callahan-Mädchen passiert ist, fangen die Leute wieder an, sich zu gruseln."

Cole nickte, aber sein Bauchgefühl sagte ihm, dass das kein Unsinn war. Nicht mehr. Da draußen in diesen Wäldern war etwas, etwas, das bereits ein Leben gefordert hatte – und nun hatte es noch ein weiteres Mädchen getötet.

„Lasst uns ein Suchteam zusammenstellen", sagte Miller und seine Stimme unterbrach Coles Gedanken. „Wir können keine Zeit verschwenden. Wenn Anna da draußen ist, müssen wir sie finden, bevor es zu spät ist."

Als Cole und Miller das Haus der Wellers verließen, lastete die Last der Situation schwer auf Coles Schultern. Ein weiterer vermisster Teenager. Derselbe Wald. Dieselbe Angst lag in der Luft. Es ging nicht mehr nur darum, einen Mörder zu finden – es ging darum, ihn aufzuhalten, bevor er wieder zuschlug.

Denn wenn Anna Weller noch da draußen war, lief ihr die Zeit davon.

Gegen Mittag war die Suche nach Anna Weller in vollem Gange. Beamte durchkämmten die Wälder in der Nähe der Stelle, an der Emma Callahans Leiche gefunden worden war, aber bisher hatten sie nichts gefunden. Die Spannung in der Stadt nahm zu, das Getuschel wurde mit jeder Stunde lauter. Die Leute hatten Angst, und Angst brachte in einer kleinen, eng verbundenen Gemeinde wie Graymoor oft das Schlimmste zum Vorschein.

Cole war wieder auf der Wache und ging gerade die Zeugenaussagen zu Emmas Mord durch, als ein Klopfen an der Tür seine Gedanken unterbrach. Es war Deputy Harris, der noch besorgter aussah als sonst.

„Detective, hier ist jemand, der Sie sprechen möchte", sagte Harris mit leiser Stimme. „Er sagt, er weiß etwas über den Fall."

Cole runzelte die Stirn. „Wer ist da?"

Harris blickte über die Schulter, als wolle er den Namen nicht laut aussprechen. „Tommy Harper."

Cole erstarrte für eine Sekunde, der Name kam ihm bekannt vor. Tommy Harper war immer der Einsiedler der Stadt gewesen, die Art von Mann, der für sich blieb und allein in einer kleinen Hütte etwas außerhalb des Stadtzentrums lebte. Die Leute flüsterten über ihn, behaupteten, er sei verrückt oder er hätte Dinge im Wald gesehen, die sonst niemand gesehen hatte. Aber Cole hatte diesen Gerüchten nie viel Glauben geschenkt.

„Schicken Sie ihn rein", sagte Cole und stand von seinem Schreibtisch auf.

Einen Moment später schlurfte Tommy ins Zimmer. Er war jetzt älter, sein Gesicht war faltiger und sein Haar grauer, als Cole es in Erinnerung hatte. Er war leicht gebeugt, als ob die Last seiner eigenen Gedanken auf ihm lastete. Sein Blick huschte nervös durch den Raum und blieb nie lange auf etwas haften.

„Tommy", grüßte Cole und deutete auf den Stuhl ihm gegenüber. „Setz dich."

Tommy zögerte, bevor er sich hinsetzte, und seine Hände zappelten in seinem Schoß. Er sah unbehaglich aus, als wollte er nicht hier sein, aber irgendetwas hatte ihn dazu gebracht, herzukommen.

„Sie sagten, Sie hätten Informationen über den Mord", erwiderte Cole und beugte sich leicht nach vorne. „Was wissen Sie?"

Tommys Blick blieb schließlich auf Cole gerichtet und seine Stimme klang wie ein leises, zitterndes Flüstern. „Ich habe etwas gesehen ... in der Nacht, als Emma getötet wurde."

Coles Puls beschleunigte sich, aber sein Tonfall blieb ruhig.

„Weiter."

Tommy schluckte schwer, seine Hände zitterten, als er sprach. „Ich war in dieser Nacht draußen im Wald. Manchmal gehe ich spät abends dorthin, nur um ein bisschen frische Luft zu schnappen. Ich war auf dem alten Pfad in der Nähe des Bachs, der kaum noch benutzt wird. Und ... ich habe sie gesehen."

Cole kniff die Augen zusammen. „Emma?"

Tommy nickte schnell. „Sie war mit jemandem zusammen. Einem Mann. Ich konnte sein Gesicht nicht sehen – es war dunkel und sie waren zu weit weg. Aber sie stritten sich. Ich hörte sie etwas sagen, etwas über ein Geheimnis. Sie hatte Angst, wirklich Angst. Und dann..." Seine Stimme verstummte, seine Hände umklammerten die Stuhlkante.

Coles Herzschlag beschleunigte sich. „Und was dann, Tommy?"

Tommy riss die Augen auf und schüttelte den Kopf. Seine Stimme war kaum mehr als ein Flüstern. „Und dann rannte sie. Sie rannte tiefer in den Wald hinein, und der Mann folgte ihr."

Coles Gedanken rasten, während er die Informationen verarbeitete. Dies war das erste Mal, dass jemand Einzelheiten über diese Nacht preisgab. „Warum hast du dich nicht früher gemeldet?"

Tommy schaute weg, sein Gesicht war blass. „Ich hatte Angst. Ich wollte nicht involviert werden. Aber nachdem ich von Anna gehört habe ... konnte ich nicht mehr still bleiben."

Coles Kiefer spannte sich an. „Hast du gesehen, was passiert ist, nachdem sie gerannt sind?"

Tommy schüttelte den Kopf. „Nein. Danach habe ich sie aus den Augen verloren. Aber ... da war noch etwas." Er hielt inne und holte tief Luft, bevor er fortfuhr. „Als ich näher an die Stelle kam, wo sie gestanden hatten, fand ich etwas auf dem

Boden. Damals wusste ich nicht, was es war, aber jetzt denke ich, es könnte wichtig sein."

Cole beugte sich vor. „Was hast du gefunden?"

Tommy griff in seine Manteltasche, zog einen kleinen Gegenstand heraus und legte ihn vor Cole auf den Schreibtisch. Es war ein Medaillon, alt und angelaufen, mit einer zarten Kette, die gerissen war. Cole nahm es in die Hand und betrachtete das komplizierte Muster auf der Vorderseite – ein vertrautes Muster, das er schon einmal gesehen hatte. Es war dasselbe Symbol, das in den Baum neben Emmas Leiche geschnitzt worden war.

„Wo genau hast du das gefunden?", fragte Cole mit angespannter, drängender Stimme.

„In der Nähe des Baches, wo sie gestritten haben", antwortete Tommy mit noch immer zitternder Stimme. „Ich wusste zuerst nicht, was es war, aber als ich von dem Symbol hörte, dachte ich, es könnte etwas bedeuten."

Cole lehnte sich zurück, das Gewicht des Medaillons lag schwer in seiner Hand. Dies war nicht irgendein Schmuckstück. Es stand in Verbindung mit den Morden, mit dem Mörder und vielleicht sogar mit den dunklen Geheimnissen, die Graymoor verbarg. Das Symbol auf dem Medaillon stimmte mit dem neben Emmas Leiche überein, aber was bedeutete es? Und warum hatte Emma es getragen?

„Danke, Tommy", sagte Cole, seine Stimme war jetzt ruhiger. „Das könnte wichtig sein."

Tommy nickte, Erleichterung huschte über sein Gesicht. „Ich hoffe nur, dass es hilft. Ich möchte nicht, dass noch jemand verletzt wird."

Als Tommy das Büro verließ, starrte Cole auf das Medaillon, dessen Gewicht in seiner Handfläche lag. Er hatte eine neue

Spur, doch sie brachte auch neue Fragen mit sich. Wer war in dieser Nacht bei Emma gewesen? Vor welchem Geheimnis war sie geflohen? Und was hatte dieses Symbol mit der zunehmenden Dunkelheit in Graymoor zu tun?

Eines war klar: Der Schlüssel zur Aufklärung dieser Morde lag tief in der Vergangenheit verborgen, tief in den Geheimnissen der Stadt. Und Cole musste sich durch jedes einzelne davon wühlen, um die Wahrheit herauszufinden.

Später am Nachmittag kehrte Cole zur Wache zurück, während ihm die neuen Informationen von Tommy Harper noch immer durch den Kopf gingen. Das Medaillon schien ein entscheidendes Puzzleteil zu sein, doch seine genaue Bedeutung blieb ihm verborgen. Er brauchte mehr Zeit, um die Zusammenhänge zu erkennen, doch Zeit war etwas, von dem er nicht viel hatte – vor allem nicht, da ein zweiter Teenager vermisst wurde.

Während er an seinem Schreibtisch saß, sich Notizen machte und versuchte, einen Zeitplan zu erstellen, schwang die Tür zu seinem Büro auf. Bürgermeister Simmons kam herein, sein Gesicht war zu einem tiefen Stirnrunzeln verzogen, die Art von Ausdruck, der Cole sofort verriet, dass dies kein freundlicher Besuch war.

„Detective Cole", grüßte Simmons mit angespannter Stimme. „Wir müssen reden."

Cole lehnte sich in seinem Stuhl zurück und versuchte, seine Verärgerung zu verbergen. Er hatte einen Job zu erledigen, und ein Treffen mit dem Bürgermeister stand nicht ganz oben auf seiner Prioritätenliste. „Was kann ich für Sie tun, Bürgermeister?"

Simmons verlor keine Zeit, durchquerte den Raum und setzte sich Cole gegenüber. Er strich seinen maßgeschneiderten

Anzug glatt und versuchte, ruhig zu wirken, aber seine Augen verrieten seine Angst. „Ich bin hier, weil diese Situation außer Kontrolle gerät. Erst Emma Callahan, jetzt Anna Weller. Die Stadt ist nervös und die Leute geraten in Panik."

„Das weiß ich", sagte Cole in gemäßigtem Ton. „Wir tun alles, was wir können. Wir haben Suchteams im Wald, die nach Anna suchen, und wir gehen jeder Spur nach."

Simmons runzelte die Stirn noch mehr, offensichtlich war er mit dieser Antwort nicht zufrieden. „Das reicht nicht. Diese Stadt kann eine ausgewachsene Krise nicht bewältigen. Die Medien schnüffeln bereits herum, und wenn sie Wind von einem zweiten Verschwinden bekommen, das mit dem ersten in Verbindung steht, haben wir ein echtes Problem."

Cole spürte die vertraute Verärgerung unter der Oberfläche brodeln. Er hatte schon mit Bürgermeistern wie Simmons zu tun gehabt – Männern, die mehr auf die Optik und das öffentliche Image bedacht waren als auf die Wahrheit. „Bei allem Respekt, Bürgermeister, meine Priorität ist herauszufinden, was mit diesen Mädchen passiert ist, und zu verhindern, dass jemand anderes zu Schaden kommt. Die Medien sind im Moment meine geringste Sorge."

Simmons' Augen verhärteten sich. „Ihre Priorität sollte es sein, dies schnell und leise zu lösen. Wenn sich dieser Fall in die Länge zieht, wird der Schaden für Graymoor irreversibel sein. Diese Stadt lebt von ihrem Ruf, davon, ein ruhiger, sicherer Ort zu sein. Wenn die Leute glauben, dass ein Mörder auf freiem Fuß ist, wird uns das ruinieren."

Cole starrte den Bürgermeister an, seine Frustration war nun deutlich zu erkennen. „Wir haben *tatsächlich* einen Mörder auf freiem Fuß. Und im Moment geht es mir nicht darum, den Ruf der Stadt zu retten. Mir geht es darum, Leben zu retten."

Einen Moment lang sah es so aus, als würde Simmons widersprechen, aber stattdessen holte er tief Luft und senkte die Stimme. „Hören Sie, Cole, ich verstehe, dass Sie Ihren Job machen, und ich weiß das zu schätzen. Aber Sie sind nicht mehr von hier. Sie verstehen nicht, was es den Leuten bedeutet, diese Stadt auseinanderfallen zu sehen. Wenn Graymoor untergeht, geht auch jeder darin unter."

Coles Kiefer spannte sich an. „Ich weiß mehr über diese Stadt, als Sie denken, Bürgermeister. Und glauben Sie mir, es sind nicht die Medien oder Gerüchte, die Graymoor zu Fall bringen werden. Es sind die Geheimnisse, die die Leute verbergen."

Simmons zuckte leicht zusammen, als hätte Cole einen wunden Punkt getroffen. Die Stille zwischen ihnen war schwer, bevor der Bürgermeister wieder sprach, sein Ton leiser, fast flehend. „Ich möchte nur, dass dieser Albtraum vorbei ist. Es ist mir egal, wie Sie es machen, aber bringen Sie es in Ordnung. Und zwar bald."

Coles Blick blieb unverwandt. „Ich werde es lösen, Bürgermeister. Aber ich werde es richtig machen."

Simmons stand abrupt auf, offensichtlich frustriert, dass er Cole nicht dazu bringen konnte, schneller zu arbeiten. „Das müssen Sie unbedingt tun. Die Stadt zählt auf Sie." Damit drehte er sich auf dem Absatz um und verließ das Büro, die Tür schlug hinter ihm ins Schloss.

Cole atmete aus und rieb sich die Schläfen. Der Druck des Bürgermeisters war nichts Neues, aber er machte die Situation nicht gerade leichter. Er wusste, dass die Stadt nervös war und dass sich die Angst schneller ausbreitete, als er sie eindämmen konnte. Aber er würde keine Abstriche machen oder die Ermittlungen überstürzen, nur um einen Politiker zu beschwichtigen.

Er musste sich auf die Fakten konzentrieren, auf die Wahrheit. In Graymoor versteckte sich etwas Dunkles, und es ließ sich nicht durch politische Spielchen enthüllen. Die Uhr tickte, aber er musste es richtig machen, selbst wenn das bedeutete, dass er dabei ein paar mächtigen Leuten auf die Füße treten musste.

Die Warnungen des Bürgermeisters hallten noch immer in Coles Kopf nach, als er das Medaillon erneut von seinem Schreibtisch nahm und mit dem Daumen über das seltsame Symbol fuhr, das in die Oberfläche eingraviert war. Dies war der Schlüssel, das konnte er fühlen. Und trotz des wachsenden Drucks wusste er eines ganz sicher – er würde sich von niemandem davon abhalten lassen, die Wahrheit aufzudecken. Nicht vom Bürgermeister, nicht von der Stadt und schon gar nicht vom Mörder.

Cole saß im schwach beleuchteten Konferenzraum der Polizeiwache von Graymoor. Die Akten lagen vor ihm ausgebreitet wie ein Puzzle, das einfach nicht zusammenpassen wollte. Emma Callahans Mord war nur das erste Teil, und jetzt, da Anna Weller vermisst wurde, wurde das Puzzle immer düsterer. Aber da war noch etwas anderes – etwas, das in seinem Hinterkopf nagte und ihm sagte, dass dies nicht das erste Mal war, dass Graymoor derartiges Grauen erlebte.

Er lehnte sich in seinem Stuhl zurück und blätterte durch alte Zeitungsausschnitte und Polizeiberichte. Je weiter er zurückging, desto beunruhigender wurde das Muster. In den letzten dreißig Jahren hatte es in Graymoor eine Handvoll verschwundener Frauen gegeben, alle scheinbar ohne Zusammenhang – bis jetzt.

Der erste Fall ereignete sich 1991, als ein Mädchen namens Laura Turner, gerade 19 Jahre alt, nach einem Sommerfest spurlos verschwand. Die Stadt suchte wochenlang nach ihr, doch die Leiche wurde nie gefunden. Dann, im Jahr 2004, verschwand ein weiteres Mädchen, Katie Simmons, unter ähnlichen Umständen und hinterließ nichts als Geflüster und unbeantwortete Fragen. Jeder dieser Fälle wurde als unabhängige, isolierte Tragödie abgetan. Aber Cole war sich nicht mehr so sicher.

Er beugte sich vor und zog einen Bericht über Katie Simmons heran. Ihr Fall war schlampig behandelt worden – keine weiteren Hinweise, keine Verdächtigen, nur ein weiteres ungelöstes Rätsel in der Geschichte der Stadt. Er überflog die Einzelheiten mit zusammengekniffenen Augen. Katie war zuletzt spät abends auf dem Heimweg vom Diner gesehen worden. Dasselbe Diner, in das Emma Callahan oft gegangen war. Und jetzt war Anna Weller verschwunden, wahrscheinlich auf dem Weg in den Wald, der die anderen verschluckt hatte.

Die unheimlichen Ähnlichkeiten zwischen den beiden Verschwundenen waren nicht zu übersehen. Er schnappte sich einen Stift und notierte die Daten und Namen, während sein Verstand versuchte, die Zusammenhänge herzustellen:

- 1991: Laura Turner (19) – vermisst, nie gefunden.
- 2004: Katie Simmons (18) – vermisst, nie gefunden.
- 2023: Emma Callahan (20) – Ermordet, Leiche im Wald gefunden.
- 2023: Anna Weller (17) – vermisst, Aufenthaltsort unbekannt.

Alles junge Frauen. Alle in einer bestimmten Altersgruppe. Alle verbunden durch das Gefühl von etwas Unvollendetem, etwas, das in den Schatten von Graymoor verborgen ist.

Plötzlich ging die Tür quietschend auf und Mia Spencer, die Reporterin der Stadt, trat ein. Sie hatte die Angewohnheit, an den Beamten vorbeizuschlüpfen, wenn sie einen Knüller wollte. „Sie waren ruhig", sagte sie und lehnte sich an den Türrahmen. „Das ist entweder ein gutes oder ein sehr schlechtes Zeichen."

Cole blickte nicht von den Akten auf. „Kommt darauf an, was Sie mit schlecht meinen."

Mia durchquerte den Raum und warf einen Blick auf die Namen und Daten, die er auf ein Blatt Papier gekritzelt hatte. „Ich wusste es", sagte sie leise. „Ich wusste, dass es hier nicht nur um Emma ging."

Cole warf ihr einen scharfen Blick zu. „Was meinst du?"

Sie zog sich einen Stuhl neben ihn heran, ihr Gesichtsausdruck war ernst. „Ich habe in der Geschichte der Stadt nach einer Story gegraben und dabei etwas Seltsames gefunden – ein Muster von Verschwinden. Niemand hat darüber gesprochen, seit Jahren nicht. Aber es ist da, in den Archiven. Etwa alle zehn Jahre verschwinden junge Mädchen, und die Stadt vergisst es einfach. Es ist, als ob sich niemand erinnern möchte."

Coles Kiefer spannte sich an. „Es ist kein Vergessen. Es ist ein Verstecken."

Mia erwiderte seinen Blick und kniff die Augen zusammen. „Du glaubst, das hängt zusammen, oder? Dass das, was mit Emma und Anna passiert ist, Teil von etwas Größerem ist."

„Das glaube ich nicht", sagte Cole mit leiser Stimme. „Ich weiß. Diese Stadt hat lange Zeit Geheimnisse vergraben. Und jetzt kommen sie an die Oberfläche."

Mia beugte sich näher zu ihm und ließ ihre Stimme zu einem Flüstern sinken. „Da ist noch mehr, Cole. Ich bin auf einen alten Polizeibericht aus den 90ern gestoßen. Darin wird von seltsamen Symbolen gesprochen, die in Bäume in der

Nähe des Ortes geritzt wurden, an dem Laura Turner zuletzt gesehen wurde. Dasselbe Symbol, das du neben Emmas Leiche gefunden hast."

Coles Augen weiteten sich. „Bist du sicher?"

Mia nickte. „Ich bin sicher. Ich bin in die Bibliothek gegangen, um das noch einmal zu überprüfen. Die Polizei hielt es damals nicht für wichtig – nur ein paar Kinder, die herumalbern, sagten sie. Aber jetzt ... ist es mehr als ein Zufall."

Cole atmete langsam aus, die Schwere dieser Entdeckung ließ ihn überwältigen. Die Symbole, die verschwundenen Mädchen, die Morde – alles war miteinander verbunden. Graymoor war nicht nur eine verschlafene Kleinstadt mit willkürlichen Gewalttaten. Hier schwelte seit Jahrzehnten etwas, und niemand hatte sich die Mühe gemacht, es zu stoppen.

„Sie wussten es", murmelte Cole, mehr zu sich selbst als zu Mia. „Die Leute in dieser Stadt, die Behörden – sie wussten, dass etwas nicht stimmte, aber sie wollten sich nicht damit befassen."

„Oder sie hatten zu viel Angst", fügte Mia hinzu. „Kleinstädte wie diese ... sie würden es lieber unter den Teppich kehren, als der Wahrheit ins Auge zu sehen."

Cole nickte und spürte, wie die Wut in ihm wuchs. „Nun, jetzt nicht mehr. Wir werden alles ans Licht bringen, egal, was es kostet."

Als Mia ihn beobachtete, huschte ein Anflug von Zweifel über ihr Gesicht. „Glaubst du, wer auch immer dahinter steckt, ist noch da draußen? Dass es dieselbe Person ist, die für all diese Verschwundenen verantwortlich ist?"

Cole antwortete nicht sofort, sondern dachte über die Möglichkeiten nach. „Vielleicht. Oder vielleicht steckt mehr dahinter als nur eine Person. Vielleicht steckt etwas tief in der Geschichte der Stadt, etwas, das weitergegeben wurde."

Mias Augen weiteten sich. „Wie eine Art Kult?"

Cole schüttelte den Kopf. „Das weiß ich noch nicht. Aber was auch immer es ist, es geht schon zu lange so. Und jetzt werden wir es aufreißen."

Mia nickte mit fester Stimme. „Ich bin bei dir. Was auch immer du brauchst."

Cole war dankbar für die Geste, aber er wusste, dass es noch lange nicht vorbei war. Es gab zu viele unbeantwortete Fragen, zu viele fehlende Puzzleteile. Und da Anna Wellers Leben auf dem Spiel stand, zählte jede Sekunde.

Er stand auf und griff nach seiner Jacke. „Wir müssen zurück in den Wald und die Spuren aller Vermissten zurückverfolgen. Wenn es ein Muster gibt, werden wir es finden."

Mia stand neben ihm auf und war bereit, ihm zu folgen. „Hoffen wir, dass wir nicht zu spät kommen."

Cole nickte grimmig, als sie zur Tür gingen. Das verstörende Muster, das sie entdeckt hatten, war nur der Anfang. Was auch immer in den Wäldern von Graymoor verborgen lag, es war noch nicht zu Ende. Und er auch nicht.

Geister der Vergangenheit

Die Nacht war ungewöhnlich ruhig, als Cole in das kleine Haus zurückkehrte, das er am Rande der Stadt gemietet hatte. Die Stille war bedrückend, schwer von der Last der Erinnerungen, die er zu begraben versucht hatte. Aber Graymoor hatte eine Art, sie auszugraben, ob er sich ihnen nun stellen wollte oder nicht.

Er warf seine Jacke auf einen Stuhl, ließ sich auf das abgenutzte Sofa sinken und rieb sich die Schläfen. Das flackernde Licht des Fernsehers warf Schatten durch den Raum, aber er sah nicht hin. Seine Gedanken waren weit weg, schweiften zurück in eine Zeit, die er nie wieder erleben wollte.

Die Arbeit

Ihr Name hallte ungebeten und unwillkommen in seinem Kopf wider. Das Gesicht seiner Schwester tauchte in seinen Gedanken auf, so wie jede Nacht, seit sie verschwunden war. Sie war erst siebzehn gewesen, voller Leben und Lachen. Die beiden waren unzertrennlich gewesen, als sie aufwuchsen, ihre Bindung war unerschütterlich. Doch dann, in einer Nacht wie dieser, war sie verschwunden. In einem Moment war sie da und im nächsten war sie weg.

Natürlich hatte die Polizei gesucht. Sie hatten die Wälder durchkämmt und jeden in der Stadt befragt. Aber niemand wusste etwas, und Lana war einfach verschwunden, wie so viele andere in Graymoors dunkler Geschichte. Es war der Fall, der Cole aus dieser Stadt vertrieben hatte, und der ihn seitdem verfolgte.

Er hatte versucht, weiterzumachen. Er hatte Graymoor verlassen, sich in Arbeit vergraben und eine Karriere aufgebaut, die ihn weit weg von dem Ort hielt, der ihm seine Schwester geraubt hatte. Aber egal, wie viele Meilen er zwischen sich und Graymoor brachte, die Geister waren ihm gefolgt. Jeder ungelöste Fall, jede vermisste Person hatte ihn zurück nach Lana gebracht.

Und jetzt, mit Emmas Tod und Annas Verschwinden, war es, als wäre die Vergangenheit erneut über ihn hereingebrochen.

Cole stand auf, ging zum kleinen Fenster und starrte in die Nacht hinaus. In der Ferne zeichnete sich der dunkle Umriss des Waldes ab, und ein Schauer lief ihm über den Rücken. Der Wald hatte sich für ihn immer lebendig angefühlt, als ob er zusah und wartete. Er konnte sich noch an den Tag erinnern, als sie Lanas Fahrrad fanden, verlassen am Rande ebendieses Waldes, als ob sie es dort zurückgelassen und sich in den Wald verkrochen hätte, um nie wieder zurückzukehren.

Es waren Jahre vergangen, aber der Schmerz, sie verloren zu haben, war nicht verblasst. Wenn überhaupt, war er mit der Zeit sogar noch stärker geworden. Er hatte sie enttäuscht. Er hatte versprochen, sie zu beschützen, und er hatte versagt.

Er ballte die Fäuste und biss die Zähne zusammen. Dieser Misserfolg hatte ihn jahrelang angetrieben und ihn in eine Karriere gedrängt, in der er andere retten konnte. Doch jetzt, zurück in Graymoor, wo ein weiteres Mädchen vermisst wurde, rissen die alten Wunden wieder auf. Die Angst, die Schuld, die Hilflosigkeit – all das kam wieder hoch.

„Sie ist weg, Cole", murmelte er vor sich hin. „Lana ist weg und du konntest sie nicht retten."

Er kniff die Augen zusammen und kämpfte gegen die Erinnerungen an, aber sie waren unerbittlich. Das Bild von Lana, wie sie ihn am Morgen vor ihrem Verschwinden anlächelte, verfolgte ihn. Er war ihr großer Bruder gewesen, ihr Beschützer, und er hatte sie enttäuscht.

Jetzt, da Annas Leben auf dem Spiel stand, lastete dasselbe erdrückende Verantwortungsgefühl auf ihm. Er durfte nicht noch einmal versagen. Er konnte nicht zulassen, dass noch eine Familie einen geliebten Menschen verlor, nicht so wie er Lana verloren hatte. Doch mit jeder Stunde, die verging, wurde die Angst größer. Der Wald, das Symbol, die vermissten Mädchen – alles schien miteinander verbunden. Doch die Antwort, was immer sie auch war, schien unerreichbar und verhöhnte ihn.

Ein Klopfen an der Tür riss ihn aus seinen Gedanken. Er warf einen Blick auf die Uhr – es war spät. Zu spät für Besucher. Er ging zur Tür, schloss sie vorsichtig auf und öffnete sie dann.

Mia stand auf der anderen Seite, ihr Gesicht wurde vom schwachen Licht der Veranda erhellt. Sie sah müde aus, ihre sonst so scharfen Gesichtszüge waren durch die Sorge weicher geworden.

„Ich dachte, du wärst vielleicht noch wach", sagte sie mit leiser Stimme.

„Kommen Sie herein", antwortete Cole und trat zur Seite, um sie eintreten zu lassen.

Sie blickte sich in dem kleinen, spärlich möblierten Wohnzimmer um, bevor sie sich in einem der Stühle niederließ. „Ich habe noch ein bisschen nachgeforscht und versucht herauszufinden, was all diese Mädchen verbindet."

Cole saß ihr gegenüber und rieb sich den Nacken. „Und?"

Mia seufzte. „Noch nichts Konkretes. Aber ... ich habe etwas in einem alten Stadtregister gefunden. Damals, als deine Schwester verschwand, gab es Gerüchte. Die Leute sprachen über den Wald, über seltsame Dinge, die dort draußen passierten. Sie sagten, es gäbe Orte, zu denen die Leute gingen und nie wieder zurückkamen."

Coles Magen drehte sich um. Er hatte diese Gerüchte schon früher gehört, geflüstert von den älteren Leuten in der Stadt, aber er hatte sie nie geglaubt. Zumindest hatte er es nicht gewollt.

„Was für Dinge?", fragte er leise.

„Meistens Verschwinden. Jahrzehntelang. Es ist wie ein dunkles Muster und die Stadt hat es jahrelang vergraben." Sie hielt inne, ihre Stimme wurde sanfter. „Cole, ich glaube, hier geht es um mehr als nur einen Mörder. Ich glaube, was auch immer mit Lana passiert ist ... es hängt mit dem zusammen, was jetzt passiert."

Ihm blieb der Atem im Halse stecken, die Worte trafen ihn härter, als er erwartet hatte. Er hatte Jahre damit verbracht, Lanas Verschwinden von seiner Arbeit, von seinem Leben zu trennen. Aber tief in seinem Inneren hatte er immer gewusst, dass da noch mehr dahintersteckte.

„Vielleicht", sagte er schließlich mit angespannter Stimme. „Aber ich werde niemanden mehr verlieren. Nicht noch einmal."

Mia sah ihn mit verständnisvollem Gesichtsausdruck an. „Wir werden sie finden, Cole. Wir werden Anna finden und wir werden herausfinden, was wirklich los ist."

Cole nickte, obwohl die Last der Vergangenheit schwer auf ihm lastete. Anna zu finden bedeutete mehr als nur die Lösung eines Falles – es war eine Chance, sich endlich den Dämonen zu stellen, die ihn jahrelang verfolgt hatten.

Doch als er in die Nacht hinausstarrte, auf den Wald, der ihm so viel genommen hatte, wurde er das Gefühl nicht los, dass das, was auch immer ihn dort erwartete, ihn nicht kampflos gehen lassen würde.

Am nächsten Morgen stand Cole in dem kleinen, staubigen Raum, der als historisches Archiv von Graymoor diente. Die örtliche Bibliothek war angeschlossen, aber dieser Teil schien weitgehend vergessen, die Regale bogen sich unter der Last alter, vergilbter Aufzeichnungen und Zeitungen. Der Raum roch nach Schimmel und Zeit, und das schwache Licht aus den Fenstern trug kaum dazu bei, den düsteren Raum aufzuhellen.

Mia war zu ihm gestoßen und wühlte bereits in Stapeln von Dokumenten. Ihr Laptop stand auf dem Tisch und sie übertrug alles, was sie nützlich fand. Cole war seit seiner Kindheit nicht mehr hier gewesen, als Lana ihn immer in die Bibliothek geschleppt hatte, um ihr bei Schulprojekten zu helfen. Damals hatte er sich nicht viel dabei gedacht, aber jetzt schien es, als hätten die Antworten, nach denen sie suchten, die ganze Zeit direkt vor ihrer Nase gelegen.

„Hab was gefunden", rief Mia und riss Cole aus seinen Gedanken. Sie schob ihm ein großes, in Leder gebundenes Buch zu. „Schau dir das an."

Cole näherte sich dem Tisch und starrte auf die Seite, die sie aufgeschlagen hatte. Es war ein altes Stadtregister, das fast siebzig Jahre alt war. Mit verblasster Tinte war eine Liste von Namen darauf gekritzelt, die meisten davon unbekannt, bis auf einen, der herausstach: **Margaret Hale.**

Er runzelte die Stirn und blätterte durch die Seiten. „Wer ist Margaret Hale?"

Mia schob ihm eine Akte zu. „Das habe ich mich auch

gefragt. Wie sich herausstellte, war Margaret Hale hier in Graymoor Lehrerin. Aber 1956 verschwand sie unter mysteriösen Umständen. Den Aufzeichnungen zufolge wurde sie zuletzt gesehen, als sie eines Abends in den Wald ging. Ihre Leiche wurde nie gefunden."

Cole spürte, wie ihm ein kalter Schauer über den Rücken lief. „Noch ein Verschwinden. Dasselbe Muster."

„Genau", sagte Mia mit ernster Stimme. „Und das ist nicht der einzige Fall. Ich habe in Graymoors Geschichte mindestens drei weitere Fälle von verschwundenen Frauen gefunden, alle unter ähnlichen Umständen. Die Einzelheiten sind immer vage, aber das Muster ist da – junge Frauen, die alle entweder im Wald oder in der Nähe davon verschwunden sind."

Cole blätterte zu einem anderen Abschnitt des Buches und überflog es schnell. Sein Blick blieb an einer Passage über lokale Folklore hängen. „Da ist noch etwas", sagte er mit leiserer Stimme. „Legenden über den Wald reichen sogar noch weiter zurück. Es gibt hier eine Geschichte über eine Gruppe von Siedlern, die im 19. Jahrhundert verschwanden, kurz nachdem sie ein kleines Dorf in der Nähe des Baches gegründet hatten. Die offizielle Erklärung ist, dass sie durch raues Wetter oder wilde Tiere getötet wurden, aber die Gerüchte ... sie sagen etwas Düstereres."

„Dunkler, wie was?", fragte Mia und beugte sich vor.

Cole las die Passage laut vor, und die Worte ließen einen Schauer durch den Raum laufen. „Der Wald soll verflucht sein und von Geistern heimgesucht werden, die die Seelen der Verlorenen beanspruchen. Die Dorfbewohner sprachen von seltsamen Lichtern im Wald und von Flüstern, das einen in den Wahnsinn treiben könnte. Wer sich zu weit in die Bäume hineinwagte, wurde nie wieder gesehen."

Mias Gesicht wurde leicht blass. „Das kommt mir beunruhigend bekannt vor."

„Zu bekannt", stimmte Cole zu. „Jedes Verschwinden, jeder Mord, alles ist mit dem Wald verbunden. Und die Stadt vertuscht es seit Generationen. Die Leute wollen nicht darüber reden, aber sie wissen, dass hier etwas nicht stimmt."

Er schloss das Hauptbuch, während ihm die dunkle Geschichte der Stadt im Kopf herumging. „Es ist, als würde diese Sache – was auch immer es ist – alle paar Jahrzehnte jemanden das Leben kosten. Und jetzt passiert es wieder."

Mia lehnte sich zurück und rieb sich die Schläfen. „Es ist mehr als nur Pech oder zufällige Gewalt. Es gibt ein Muster, einen Zyklus. Und irgendwie sind die Symbole, die wir gefunden haben – die auf den Bäumen und auf dem Medaillon – damit verbunden."

Coles Gedanken wanderten sofort zu dem Medaillon, das Tommy Harper in der Nähe des Tatorts gefunden hatte. Das seltsame Symbol, das in seine Oberfläche eingraviert war, war uralt, älter als alle Verschwundenen, die sie aufgedeckt hatten. Er hatte gehofft, es sei nur ein Zufall, aber jetzt schien es der Schlüssel zu allem zu sein.

Er warf Mia einen Blick zu. „Wir müssen herausfinden, was diese Symbole bedeuten. Wenn wir sie verstehen, können wir vielleicht herausfinden, wer – oder was – hinter all dem steckt."

Mia nickte, ihre Entschlossenheit war deutlich zu erkennen. „Ich werde weiter graben. In diesen Aufzeichnungen muss etwas sein, das erklärt, was hier wirklich passiert."

Während sie sich wieder der Durchsicht der Dokumente zuwandte, stand Cole auf, ging zum Fenster und blickte auf die ruhige Stadt unter ihnen. Aus diesem Blickwinkel sah Graymoor friedlich, ja geradezu idyllisch aus. Doch unter der Oberfläche war klar, dass die Stadt seit Generationen mit einem dunklen Geheimnis lebte. Und nun tauchte dieses Geheimnis wieder auf und forderte weitere Opfer.

Die Last lastete schwer auf ihm. Jahrelang hatte er sich gefragt, warum Lana verschwunden war, warum sie ihm genommen worden war. Jetzt, mit jedem Stück Geschichte, das sie aufdeckten, wurde ihm klarer, dass Lana Teil von etwas viel Größerem gewesen war – etwas, das Cole damals nicht verstehen konnte. Aber jetzt begann er es zu verstehen.

Die Wälder waren nicht nur gefährlich. Sie waren verflucht und mit einer uralten Macht verbunden, die schon seit Menschengedenken Menschenleben forderte. Und die Stadt hatte aus Angst oder Verleugnung die Augen vor der Wahrheit verschlossen.

Aber jetzt nicht mehr. Cole würde nicht zulassen, dass sich die Geschichte von Graymoor wiederholte. Er würde nicht zulassen, dass Anna nur ein weiterer Name auf einer Liste vergessener Opfer wurde.

Er wandte sich wieder Mia zu. „Lass uns weitersuchen. Wenn wir herausfinden, was in der Vergangenheit passiert ist, können wir vielleicht verhindern, dass es wieder passiert."

Mia nickte ihm entschlossen zu, und gemeinsam machten sie sich wieder an die Arbeit. Sie tauchten tiefer in die vergessene Vergangenheit der Stadt ein, wohl wissend, dass irgendwo in diesen verstaubten alten Aufzeichnungen der Schlüssel lag, um das zu stoppen, was in den Schatten von Graymoor lauerte.

Cole hatte das Archiv kaum verlassen, sein Kopf war noch ganz benommen von den verstörenden Entdeckungen über Graymoors dunkle Vergangenheit, als sein Telefon summte. Sheriff Millers Name blitzte auf dem Bildschirm auf.

„Großartig", murmelte Cole leise. Er wusste, was kommen

würde – Miller war seit Coles Ankunft nervös und die Situation würde noch schlimmer werden. Er drückte die Antworttaste und hielt sich das Telefon ans Ohr.

„Cole, komm in mein Büro. Sofort", Millers Stimme war scharf, kein Raum für Verhandlungen.

„Ich bin schon unterwegs", antwortete Cole und legte auf, bevor Miller noch etwas sagen konnte. Er hatte das Gefühl, dass dies kein freundliches Gespräch werden würde.

Fünfzehn Minuten später betrat Cole die Polizeiwache von Graymoor. Die Luft war voller Spannung. Die Beamten vermieden Blickkontakt, als er durch den Flur ging, als ob sie wüssten, dass sich zwischen ihm und dem Sheriff etwas zusammenbraute. Er klopfte einmal an Millers Bürotür und öffnete sie dann, ohne auf eine Antwort zu warten.

Miller stand mit verschränkten Armen hinter seinem Schreibtisch, sein Gesicht war eine Maske kontrollierten Zorns. „Mach die Tür zu."

Cole tat, was ihm gesagt wurde, und lehnte sich mit verschränkten Armen gegen den Türrahmen. „Was soll das, Miller?"

Miller kniff die Augen zusammen. „Wollen Sie mir sagen, warum Sie in der Stadt herumlaufen und Dinge ausgraben, die Sie nichts angehen? Ich habe gerade mit Bürgermeister Simmons telefoniert. Er ist nicht glücklich, Cole. Sie rühren alte Gerüchte auf und machen die Leute nervös."

Cole schnaubte, stieß sich vom Türrahmen ab und trat weiter in den Raum. „Sie haben mich hergerufen, um einen Mord aufzuklären, Miller. Zwei, um genau zu sein. Ich schüre keine Gerüchte – ich gehe Spuren nach. Wenn Sie vor Jahren dasselbe getan hätten, hätten wir es jetzt vielleicht nicht damit zu tun."

Millers Kiefer verkrampfte sich, seine Fäuste ballten sich

an seinen Seiten. „Ich brauche keine Standpauke von dir. Ich habe diese Stadt zusammengehalten, während du in der Stadt Detektiv gespielt hast. Das Letzte, was wir brauchen, ist, dass du alte Legenden ausgräbst und die Leute glauben lässt, dass etwas Übernatürliches vor sich geht."

„Übernatürlich?" Cole lachte, aber es war nicht lustig. „Ich interessiere mich nicht für Geister, Miller. Ich möchte herausfinden, warum seit Jahrzehnten Mädchen aus dieser Stadt verschwinden und warum anscheinend niemand darüber reden will."

Millers Gesicht verfinsterte sich. „Hier gibt es keine Verschwörung, Cole. Nur jede Menge Pech und Tragödien. Ich versuche, zu verhindern, dass diese Stadt auseinanderfällt, und du machst alles nur noch schlimmer."

Cole trat vor, seine Stimme war leise, aber bestimmt. „Erzählen Sie sich das auch? Dass das alles nur Zufall ist? Sie wissen genauso gut wie ich, dass in Graymoor seit Jahren etwas vor sich geht. Menschen verschwinden, und die Stadt schaut weg. Sie glauben, ich wüsste nicht, was hier vor sich geht? Sie glauben, ich erkenne das Muster nicht?"

Millers Gesicht zuckte, aber er blieb standhaft. „Es gibt kein Muster. Du jagst Schatten, Cole."

„Tu ich das?", entgegnete Cole. „Was ist mit Margaret Hale? Katie Simmons? Laura Turner? Sie alle sind verschwunden, alles junge Frauen, und alle sind unter denselben Umständen verschwunden. Emma Callahan und Anna Weller sind nicht die ersten, Miller. Und wenn wir das jetzt nicht stoppen, werden sie nicht die letzten sein."

Millers Gesichtsausdruck schwankte nur für einen Moment, aber es genügte Cole, um zu sehen, dass der Sheriff sich nicht so sicher war, wie er vorgab. Er machte weiter.

„Du hast Angst", sagte Cole, seine Stimme war jetzt leiser und kontrollierter. „Ich verstehe. Du hast diese Stadt jahrelang zusammengehalten, und jetzt bricht sie auseinander. Aber wenn du die Wahrheit weiterhin ignorierst, werden noch mehr Menschen sterben. Was auch immer hier passiert, es ist noch nicht vorbei."

Miller brach schließlich zusammen und schlug mit der Hand auf den Schreibtisch. „Glauben Sie, ich wüsste das nicht?", fauchte er. Seine Stimme wurde leiser, fast ein Flüstern, rau vor Erregung. „Glauben Sie, ich lebe nicht schon seit Jahren damit? Ich weiß, dass in Graymoor etwas nicht stimmt, aber ich kann nichts ändern, was ich nicht verstehe. Und die Leute hier – sie vertrauen darauf, dass ich für ihre Sicherheit sorge. Ich kann nicht zulassen, dass diese Stadt auseinanderfällt."

Cole musterte ihn einen Moment lang, die Frustration in Millers Augen war jetzt deutlich zu erkennen. Zum ersten Mal sah Cole nicht nur einen Rivalen oder ein Hindernis, sondern einen Mann, der gefangen war – genau wie alle anderen in Graymoor. Miller hatte keine Antworten. Er hatte jahrelang in der Defensive gespielt und versucht, alles zusammenzuhalten, ohne zu wissen, wie er es wieder in Ordnung bringen konnte.

„Ich bin nicht hier, um die Stadt auseinander zu reißen, Miller", sagte Cole und seine Stimme wurde etwas sanfter. „Ich bin hier, um zu helfen. Aber das kann ich nicht, wenn Sie mich weiterhin blockieren. Sie müssen mich meine Arbeit machen lassen."

Miller starrte ihn an, die Spannung lag noch immer in der Luft. Einen langen Moment lang sprach keiner von beiden. Dann atmete Miller langsam aus, der Kampfgeist wich aus ihm. „Na gut", murmelte er. „Tu, was du tun musst. Aber behalte die Sache für dich. Wenn du mehr Ärger machst, als wir bewältigen können, werde ich dich zum Schweigen bringen. Verstanden?"

Cole nickte. „Verstanden."

Er drehte sich um, um zu gehen, blieb aber an der Tür stehen. „Eine Sache noch, Miller. Haben Sie sich jemals gefragt, warum das alles passiert? Warum hier, warum jetzt?"

Miller antwortete nicht. Sein Gesicht war zu grimmigem Schweigen verzogen.

Cole brauchte das nicht. Er hatte seine eigenen Vermutungen, und sie wurden von Tag zu Tag düsterer. Graymoor hatte etwas an sich – etwas Uraltes, tief in der Geschichte der Stadt vergraben, etwas, das schon früher Leben gefordert hatte und immer noch hungrig war.

Als er aus der Station in die kühle Nachmittagsluft hinaustrat, war Cole eines klar: Er konnte der Stadt nicht vertrauen, dass sie sich selbst schützen würde. Wenn er das verhindern wollte, musste er es zu seinen eigenen Bedingungen tun und tiefer in die Schatten von Graymoor vordringen als irgendjemand zuvor.

Denn was auch immer hier geschah, es war noch lange nicht vorbei.

Die Sonne ging gerade unter, als Cole sein Auto vor einem alten, verwitterten Haus am Rande von Graymoor parkte. Das Haus hatte schon bessere Tage gesehen, aber es stand immer noch fest, genau wie der Mann, der darin lebte. Cole hatte die letzten Tage damit verbracht, die Vergangenheit zusammenzusetzen, aber wenn es jemanden gab, der mehr über die Geschichte von Graymoor wusste als jeder andere, dann war es Jack Mercer – sein ehemaliger Mentor und pensionierter Polizeichef der Stadt.

Jack war derjenige, der Cole alles beigebracht hatte, was er über den Beruf eines Detektivs wusste, damals, als Cole noch ein junger Polizist war, der in Graymoor anfing. Jack war von der alten Schule, die Art von Polizist, der sich genauso sehr auf seine Instinkte wie auf Beweise verließ. Er hatte alles gesehen, oder zumindest hatte Cole das immer geglaubt. Aber als immer mehr dunkle Geheimnisse über die Stadt ans Licht kamen, fragte sich Cole, wie viel Jack wohl verborgen gehalten hatte.

Cole klopfte an die Tür, und nach ein paar Augenblicken öffnete sie sich quietschend. Jack stand da, seine einst breiten Schultern hingen ein wenig herab, sein graues Haar wurde dünner, aber seine scharfen blauen Augen waren immer noch dieselben. Diesen Augen entging nichts.

„Na, wenn das nicht der verlorene Sohn ist", sagte Jack mit einem Grinsen und trat zur Seite, um Cole hereinzulassen. „Hab gehört, du wärst wieder in der Stadt."

„Ich hätte auch nicht gedacht, dass ich hier sein würde", gab Cole zu, als er das vertraute Wohnzimmer betrat. Der Geruch von Holzrauch und alten Büchern lag in der Luft. „Wie geht es dir, Jack?"

„Wie immer", antwortete Jack und ließ sich in einem Sessel neben dem Kamin nieder. „Der Ruhestand war gut für mich. Ich kann hier sitzen und zusehen, wie die Welt den Bach runtergeht, ohne irgendetwas dagegen tun zu müssen."

Cole kicherte, aber halbherzig. Er saß Jack gegenüber und beugte sich nach vorne, die Ellbogen auf den Knien. „Ich muss dich etwas fragen. Es geht um den Wald, um die Verschwinden."

Jacks Augen verengten sich leicht, aber er sah nicht überrascht aus. „Ich dachte, du würdest früher oder später vorbeikommen und danach fragen. Was beschäftigt dich?"

„Emma Callahan. Anna Weller", sagte Cole mit schwerer Stimme. „Es passiert wieder, Jack. Und ich erkenne langsam ein Muster. Es gab andere Mädchen vor ihnen – Margaret Hale, Katie Simmons, sogar Laura Turner. Sie sind alle verschwunden und die Stadt hat nie etwas unternommen, um das zu verhindern. Ich muss wissen, warum."

Jack war einen Moment lang still, sein Blick war in die Ferne gerichtet, als sähe er etwas in der Ferne, etwas von vor Jahren. „Glauben Sie, es geht hier um diese alten Fälle?"

„Ich weiß, dass es so ist", sagte Cole entschieden. „Die Symbole, die verschwundenen Mädchen – alles hängt zusammen. Aber niemand redet. Die Stadt vertuscht es seit Jahrzehnten, und ich kann nicht verstehen, warum."

Jack seufzte und rieb sich nachdenklich das Kinn. „Es ist nicht so, dass die Leute nicht reden wollen, Cole. Sie haben einfach Angst. Verdammt, ich habe meine ganze Karriere damit verbracht, Graymoor vor dem Zusammenbruch zu bewahren. Aber die Wahrheit ist, dass man manche Dinge nicht bekämpfen kann. Manche Dinge ... muss man einfach lernen, damit zu leben."

Cole runzelte die Stirn und beugte sich näher. „Was meinst du damit?"

Jack sah ihn an und zum ersten Mal flackerte Verletzlichkeit in seinen Augen auf. „Mit diesen Wäldern stimmt etwas nicht. Das war schon immer so. Mein Vater hat mir immer Geschichten darüber erzählt, Geschichten, die er von seinem Vater vor ihm gehört hat. Leute verschwinden, Cole. Sie verschwinden, seit Menschengedenken. Und das ist nicht nur Pech."

„Also wussten Sie Bescheid", sagte Cole mit härterer Stimme. „Sie wussten, dass da draußen etwas war, etwas Gefährliches, und haben nie etwas dagegen unternommen?"

Jack zuckte nicht zusammen. „Was hätte ich tun sollen? Den

Wald absperren? Eine alte Legende verhaften? Die Wahrheit ist, niemand weiß genau, was da draußen ist. Ich habe Dinge in diesen Bäumen gesehen, die ich nicht erklären kann, Dinge, die keinen Sinn ergeben. Aber jedes Mal, wenn wir versuchten, Antworten zu bekommen, stießen wir auf eine Mauer. Die Leute vergaßen und gingen weiter. Dafür hat die Stadt gesorgt."

Cole ballte die Fäuste, und seine Frustration kochte über. „Du hast es zugelassen. Du hast Mädchen verschwinden lassen, hast sie sterben lassen, weil du zu viel Angst hattest, dich zu wehren."

Jacks Augen blitzten vor Wut, aber es verblasste schnell zu etwas, das eher Bedauern glich. „Du glaubst, ich habe es nicht versucht? Du glaubst, ich wollte diese Mädchen nicht retten? Ich habe alles getan, was ich konnte, aber jedes Mal, wenn wir der Wahrheit nahe kamen, entglitt sie mir. Es ist, als ob die Stadt selbst nicht wollte, dass wir es erfahren."

Cole starrte Jack an, und ihm wurde die Bedeutung seiner Worte klar. Er hatte Jack immer als unbesiegbar angesehen, als die Art Polizist, die nicht aufhören würde, bis sie Gerechtigkeit bekam. Aber jetzt sah er einen Mann, der durch jahrelangen Kampf gegen einen unsichtbaren Feind zermürbt war.

„In dieser Stadt herrscht Dunkelheit, Cole", sagte Jack leise. „Sie ist schon lange hier, länger als jeder von uns. Sie nimmt sich, was sie will, und dann verschwindet sie, bis sie wieder bereit ist, sich etwas zu nehmen. Ich weiß nicht, was es ist, aber eines weiß ich – was auch immer jetzt passiert, es ist erst der Anfang. Sie wacht wieder auf."

Coles Herz klopfte in seiner Brust. Die Teile fügten sich langsam zusammen, aber es war nicht genug. Er brauchte mehr. „Dann hilf mir, es zu stoppen", sagte er mit fast flehender Stimme. „Du bist schon länger in diesem Kampf als jeder andere. Du weißt mehr als jeder andere. Wenn wir das jetzt nicht stoppen, wird Anna Weller nur der nächste Name auf der Liste sein."

Jack sah ihn lange an und nickte dann langsam. „Na gut", sagte er mit resignierter Stimme. „Ich werde dir helfen. Aber du musst verstehen – es geht hier nicht nur darum, einen Mörder zu finden. Es geht um etwas Tieferes, etwas, das seit Generationen Teil von Graymoor ist. Und wenn wir dagegen ankämpfen wollen, müssen wir auf alles vorbereitet sein, was es uns entgegenwirft."

Cole nickte und spürte eine Welle der Entschlossenheit in sich aufsteigen. „Ich bin bereit, Jack. Was auch immer es kostet, wir werden das beenden."

Jack lächelte leicht und traurig. „Ich hoffe, du hast recht, Cole. Aber wenn du erst einmal anfängst, in der Vergangenheit zu wühlen, wird dir das, was du findest, vielleicht nicht gefallen."

Als Cole an diesem Abend Jacks Haus verließ, lastete die Last der Dinge, die vor ihm lagen, schwer auf ihm. Er wusste jetzt, dass es um mehr ging, als nur einen Fall zu lösen – es ging darum, die dunkelsten Geheimnisse der Stadt aufzudecken, Geheimnisse, die zu lange verborgen geblieben waren.

Und als die Nacht hereinbrach, wurde Cole das Gefühl nicht los, dass das, was ihn in diesen Wäldern erwartete, kein gewöhnlicher Killer war. Es war etwas viel Schlimmeres, etwas Älteres und Gefährlicheres, als er es sich je hätte vorstellen können.

Die Nacht hatte sich über Graymoor gelegt, als Cole sich auf den Weg zu seinem gemieteten Haus machte. Das Gespräch mit Jack Mercer lastete schwer auf ihm und erfüllte seinen Kopf mit düsteren Möglichkeiten. Jahrelang hatte Graymoor etwas Unheimliches verborgen, etwas, das mit dem Wald zu tun hatte

– und jetzt, was auch immer es war, erwachte es wieder.

Als er sein Auto vor dem Haus parkte, peitschte der Wind durch die Bäume und jagte ihm einen Schauer über den Rücken. Er konnte das Gefühl nicht loswerden, dass ihn etwas beobachtete. Der Wald ragte dunkel und still in der Ferne auf, als ob er auf ihn wartete.

Er stieg aus dem Auto und zog seinen Mantel gegen die Kälte fester an. Die Straße war ruhig, zu ruhig für eine Stadt, in der es eine Reihe von Verschwundenen gab. Er sah sich um, seine Instinkte waren in höchster Alarmbereitschaft. Es lag eine Spannung in der Luft, etwas, das er nicht genau einordnen konnte, aber es machte ihn nervös.

Als er sich der Haustür näherte, stellten sich ihm die Nackenhaare auf. Jemand beobachtete ihn – das spürte er. Instinktiv griff er nach der Pistole, die unter seinem Mantel steckte, und seine Finger schlossen sich um den Griff.

Dann hörte er es – ein leises Schlurfen von Schritten hinter ihm.

Cole wirbelte herum und zog mit einer fließenden Bewegung seine Waffe. Sein Blick wanderte über die dunkle Straße. Zuerst war da nichts. Nur die leere Straße, die stillen Häuser und das entfernte Rascheln der Blätter. Doch dann tauchte aus den Schatten eine Gestalt auf.

Ein Mann, groß und breitschultrig, trug eine dunkle Kapuze, die den Großteil seines Gesichts verdeckte. Er bewegte sich zielstrebig und trat mit langsamen, bedachten Schritten aus den Schatten. Coles Puls beschleunigte sich und sein Griff um die Waffe wurde fester.

„Wer sind Sie?", fragte Cole mit tiefer, fester Stimme.

Die Gestalt antwortete nicht. Stattdessen kam sie weiter näher, die Hände an den Seiten, und machte keinen Versuch, sich zu verbergen.

„Ich sagte halt!", rief Cole und seine Stimme hallte durch die leere Straße.

Doch die Gestalt blieb nicht stehen. Blitzschnell stürzte sich der Mann mit überraschender Geschwindigkeit nach vorn und überbrückte die Distanz zwischen ihnen in Sekundenschnelle. Cole hatte kaum Zeit zu reagieren, seine Instinkte setzten ein, als er seine Waffe hob, doch die Gestalt war schneller. Im Dämmerlicht blitzte ein metallisches Funkeln auf, und Cole spürte einen stechenden Schmerz in seinem Arm, als der Mann eine Klinge nach ihm schwang.

Cole taumelte zurück und biss vor Schmerz die Zähne zusammen. Der Mann ging wieder auf ihn los, aber diesmal war Cole vorbereitet. Er wich dem Angriff aus und nutzte den Schwung, um den Mann aus dem Gleichgewicht zu bringen. Mit einer schnellen Bewegung zielte Cole mit seiner Waffe und feuerte.

Der Schuss hallte durch die Nacht, und der Mann stolperte und hielt sich die Seite. Doch anstatt zusammenzubrechen, erholte er sich schnell, und in seinen Augen blitzte etwas Dunkles und Gefährliches auf. Er drehte sich um und verschwand in den Schatten, bevor Cole einen weiteren Schuss abfeuern konnte.

Cole fluchte leise, sein Herz raste. Er presste eine Hand auf seinen Arm und spürte das warme, klebrige Blut, das durch seinen Ärmel sickerte. Der Schnitt war nicht tief, aber er stach höllisch.

Er ließ seinen Blick erneut über die Straße schweifen, um jede dunkle Ecke, jeden Schatten zu erspähen. Doch der Mann war verschwunden, genauso schnell, wie er aufgetaucht war.

Cole holte tief Luft, sein Puls normalisierte sich langsam. Er steckte seine Waffe weg und drehte sich zum Haus um, aber sein Kopf raste. Das war kein zufälliger Angriff – wer auch immer der Mann war, er war aus einem bestimmten Grund gekommen. Und er war vorbereitet. Jemand wollte nicht, dass Cole noch tiefer in die Geheimnisse von Graymoor eindrang.

Drinnen schloss Cole schnell die Tür ab und lehnte sich dagegen. Er brauchte einen Moment, um wieder zu Atem zu kommen. Sein Arm pochte, aber das Adrenalin hielt den Schmerz in Schach. Er ging ins Badezimmer, ließ Wasser über die Wunde laufen und schnappte sich ein Handtuch, um es darauf zu drücken.

Während er den Schnitt säuberte, rasten seine Gedanken. Wer auch immer dieser Mann war, er war geschickt – zu geschickt, um ein beliebiger Schläger oder ein Stadtsäufer auf Ärger zu sein. Er hatte sich präzise bewegt, sein Angriff war kalkuliert. Jetzt war klar, dass Cole der Wahrheit zu nahe kam, und jemandem gefiel das nicht.

Nachdem er seinen Arm verbunden hatte, setzte sich Cole an den Küchentisch und starrte auf den Stapel Papiere und Notizen, den er in den letzten Tagen gesammelt hatte. Das Muster der Verschwinden, die seltsamen Symbole, die dunkle Geschichte, auf die Jack hingewiesen hatte – alles war miteinander verbunden. Und jetzt war klar, dass das, was sich in Graymoors Schatten verbarg, gefährlicher war, als er erwartet hatte.

Er holte sein Telefon heraus und wählte Mias Nummer. Sie nahm nach dem zweiten Klingeln ab.

„Cole? Was ist los?", fragte sie mit besorgter Stimme.

„Ich wurde angegriffen", sagte Cole unverblümt. „Jemand hat vor meinem Haus auf mich gewartet."

Mia schnappte nach Luft. „Geht es dir gut?"

„Mir geht es gut", sagte er, obwohl der Schmerz in seinem Arm etwas anderes sagte. „Aber das bestätigt, was wir bereits wussten. Wer auch immer dahinter steckt, ist nicht irgendein zufälliger Killer. Sie sind organisiert und bereit, alles zu tun, um uns davon abzuhalten, die Wahrheit herauszufinden."

Mias Stimme wurde ernst. „Wir müssen vorsichtig sein, Cole. Wenn sie es auf dich abgesehen haben, könnten sie jeden beobachten, der daran beteiligt ist."

„Ich weiß", antwortete er. „Aber ich werde nicht nachgeben. Wir sind zu nah dran. Es gibt etwas in der Vergangenheit dieser Stadt, das alles miteinander verbindet. Und was auch immer es ist, es erwacht wieder. Ich werde nicht zulassen, dass sie uns davon abhalten, herauszufinden, was es ist."

Mia war einen Moment lang still, dann sprach sie mit fester Stimme. „Ich bin auf deiner Seite. Aber wir müssen vorsichtig sein. Wer auch immer dahinter steckt – er ist gefährlich."

Cole nickte, obwohl sie ihn nicht sehen konnte. „Ich werde vorsichtig sein. Aber ich muss herausfinden, wer dieser Mann war. Er hat nicht allein gearbeitet und er wollte mir nicht nur Angst machen. Er wollte mich umbringen."

Sie verabredeten sich für den nächsten Morgen, um sich neu zu formieren und ihre nächsten Schritte zu planen. Doch als Cole auflegte, legte sich das Unbehagen wie eine schwere Decke über ihn. Der Angriff war eine Botschaft gewesen, eine Warnung, dass die Leute hinter den Entführungen nicht kampflos untergehen würden.

Und Cole wusste mit einer Gewissheit, die ihn bis ins Mark erschauern ließ, dass sie ihn das nächste Mal nicht verfehlen würden, wenn sie kämen.

Die dunkle Gestalt im Wald

Die Nachricht kam früh am Morgen, gerade als die Sonne über Graymoor aufging. Cole pflegte noch immer den Schnitt an seinem Arm, der vom Angriff der vergangenen Nacht herrührte, als sein Telefon summte. Der Anruf kam von Sheriff Miller, und der Tonfall seiner Stimme verriet Cole alles, was er wissen musste, noch bevor die Worte seinen Mund verlassen hatten.

„Noch eine Leiche", sagte Miller mit grimmiger Stimme. „Sie ist im Wald. Sie müssen sofort hier runterkommen."

Cole spürte, wie ihm ein kalter Schauer über den Rücken lief, als er auflegte und nach seiner Jacke griff. Die Angst, die er seit Tagen mit sich herumtrug – das Gefühl, dass alles noch schlimmer werden würde – war endlich wahr geworden. Er hatte gehofft, dass sie Anna Weller vielleicht, nur vielleicht, finden könnten, bevor es zu spät war, aber der Anruf machte klar: Sie waren bereits zu spät.

Die Fahrt zum Tatort war kurz, aber es kam ihm wie eine Ewigkeit vor. Im frühen Morgenlicht zeichnete sich der Wald immer weiter ab, seine dunklen Schatten erstreckten sich über die Straße. Als Cole sich dem abgesperrten Bereich näherte, konnte er die blinkenden Lichter der Polizeiautos und eine kleine Gruppe von Beamten sehen, die sich am Waldrand versammelt hatten.

Miller wartete mit aschfahlem Gesicht am Eingang zum Wald auf ihn. Er nickte Cole kurz zu, und ohne ein Wort zu sagen, gingen die beiden durch die Bäume zu der Stelle, wo die Leiche gefunden worden war.

Die Lichtung kam ihr unheimlich bekannt vor, ein Spiegelbild des Ortes, an dem Emma Callahans Leiche gefunden worden war. Dieselben abgebrochenen Äste, dieselben verdrehten Wurzeln und – am verstörendsten – dasselbe Symbol, das in einen nahen Baum geritzt worden war. Diesmal war das Opfer Anna Weller. Sie lag in der Mitte der Lichtung, ihr Körper war auf dieselbe eindringlich bedachtsame Weise angeordnet wie der von Emma. Ihre Haut war blass, fast grau im sanften Licht, das durch die Bäume fiel, und ihre großen Augen starrten in den Himmel, erstarrt vor Angst.

Cole schluckte die Galle hinunter, die in seiner Kehle aufstieg. Egal, an wie vielen Tatorten er im Laufe der Jahre gewesen war, egal, wie viele Leichen er gesehen hatte, dieser hier traf ihn anders. Dieser hier war persönlich.

Miller stand neben ihm und hatte die Hände zu Fäusten geballt. „Gleiche Vorgehensweise", murmelte er. „Gleiches Symbol. Dieselbe verdammte Stelle im Wald."

Cole hockte sich neben die Leiche und suchte die Umgebung nach allem ab, was den Rettungskräften vielleicht entgangen war. Sein Blick fiel auf etwas in der Nähe von Annas Hand – ein kleiner Stofffetzen, zerrissen und schmutzig, der an einem abgebrochenen Ast hängen geblieben war.

„Was ist das?", fragte Cole und griff mit behandschuhten Händen danach.

Miller blickte hinüber. „Sieht aus wie ein Teil ihrer Kleidung."

Cole betrachtete es sorgfältig und ging die Möglichkeiten

in Gedanken durch. Der Stoff war zerrissen, aber nicht so, dass man hätte meinen können, er sei einfach während eines Kampfes gerissen. Es sah absichtlich so aus, fast so, als wäre er dort platziert worden. Eine Botschaft.

„Da steckt noch mehr dahinter", sagte Cole mit leiser Stimme. „Wer auch immer das getan hat, wollte, dass wir sie so finden. Es geht nicht nur um den Mord. Es geht um die Geschichte, die sie erzählen."

Miller seufzte, sein Gesicht war von Erschöpfung gezeichnet. „Eine Geschichte? Von was für einer Geschichte reden wir, Cole? Denn alles, was ich sehe, ist ein weiteres totes Mädchen im Wald."

Cole stand auf, und seine Gedanken rasten. „Denken Sie darüber nach. Die Symbole, die Art, wie die Leichen angeordnet sind, die Tatsache, dass sie am selben Ort liegen gelassen wurden. Das ist nicht einfach ein zufälliger Mörder. Das ist jemand, der eine Botschaft sendet. Es ist ein Ritual."

Miller rieb sich die Schläfen, seine Frustration war deutlich zu spüren. „Ritual oder nicht, wir haben einen Mörder auf freiem Fuß, und die Stadt wird den Verstand verlieren, wenn sie herausfinden, dass wir zwei tote Mädchen auf dem Gewissen haben."

„Wir müssen dem zuvorkommen", sagte Cole und drehte sich zu ihm um. „Wer auch immer das tut, er wird wieder zuschlagen. Es gibt hier ein Muster, und wenn wir es nicht schnell herausfinden, werden wir eine weitere Leiche wegräumen müssen."

Millers Blick begegnete Coles und zum ersten Mal seit Tagen flackerte etwas auf, das fast Angst war. Er wusste, dass Cole recht hatte. Die dunkle Geschichte der Stadt wiederholte sich und ihnen lief die Zeit davon, sie aufzuhalten.

„Lasst uns das jetzt für uns behalten", sagte Miller mit angespannter Stimme. „Wir werden es der Familie erzählen, aber wir müssen die Geschichte unter Kontrolle halten. Ich möchte nicht, dass das Ganze zu einem Zirkus wird."

Cole nickte, doch das Unbehagen in seiner Brust blieb. Er hatte genug Tatorte gesehen, um zu wissen, wann etwas anders war, wann mehr hinter der Geschichte steckte, als man auf den ersten Blick sah. Und das hier – das hier fühlte sich an wie der Beginn von etwas viel Schlimmerem, als irgendjemand in Graymoor erwartet hatte.

Als die Beamten vorrückten, die Leiche fotografierten und Beweise sammelten, schweiften Coles Gedanken zu seinem Gespräch mit Jack Mercer zurück. Der ehemalige Polizeichef hatte ihn gewarnt, dass in den Wäldern immer etwas Dunkles lauerte, etwas Uraltes, dem die Stadt seit Generationen aus dem Weg ging. Je mehr Cole nachforschte, desto klarer wurde, dass es sich hier nicht nur um einen Mörder handelte. Es gab ein Muster, einen Fluch, etwas, das tief mit der Geschichte von Graymoor selbst verbunden war.

Er blickte zurück auf das in den Baum geschnitzte Symbol und ein Gefühl der Furcht überkam ihn. Die gezackten Linien und Kreise kamen ihm jetzt bekannt vor, nicht nur, weil er sie schon einmal gesehen hatte, sondern weil sie mit einer Art dunkler Energie zu pulsieren schienen, als ob der Wald selbst an dem beteiligt wäre, was geschah.

„Wer bist du?", flüsterte Cole leise und starrte auf das Symbol. „Was willst du?"

Es kam keine Antwort, nur das Rascheln der Blätter im Wind und der ferne Ruf einer Krähe, der durch die Bäume hallte.

Als er sich zum Gehen umdrehte, kam ihm ein Gedanke – eine erschreckende Erkenntnis, über die er vorher nicht nachgedacht hatte. Der Mörder hatte sich nicht einfach zufällig Opfer ausgesucht. Das Ganze hatte einen Zweck, einen Grund, warum diese Mädchen ausgewählt worden waren.

Und wenn Cole Recht hatte, war das nächste Opfer bereits markiert.

„Wir müssen das klären", sagte Cole zu Miller, als sie zurück zum Auto gingen. „Bevor das noch einmal passiert."

Millers Gesichtsausdruck war grimmig, als er nickte. „Du solltest es besser schnell herausfinden, Cole. Denn wenn wir das nicht tun, wird Graymoor das nicht überleben."

Das musste man Cole nicht zweimal sagen. Der Wald hatte ein weiteres Opfer gefordert und die Uhr tickte.

Als sie den Tatort hinter sich ließen, wurde Cole das Gefühl nicht los, dass die Dunkelheit immer näher rückte. Etwas war auf sie zugekommen und würde nicht haltmachen, bis es hätte, was es wollte.

Die einzige Frage war: Wer würde als Nächster an der Reihe sein?

Am nächsten Morgen hatte sich die Stimmung in Graymoor verändert. Die Nachricht von Anna Wellers Leiche hatte sich schneller verbreitet, als irgendjemand sie eindämmen konnte, und die Stadt, die ohnehin schon in Aufruhr war, hatte einen kritischen Punkt erreicht. Cole spürte es, als er die Polizeiwache betrat – das Unbehagen, das gedämpfte Getuschel, die Seitenblicke der Beamten.

Als er den schmalen Flur entlangging, kam er an einer Gruppe von Beamten vorbei, die leise vor sich hin murmelten. Als er näher kam, verstummten sie schnell, aber die Spannung in der Luft war dick. Er wusste, was sie dachten. Er hatte es schon früher in anderen Fällen und anderen Städten gespürt. Sie fingen an, ihn zu befragen. Sie fingen an, sich zu fragen, ob

Cole der Grund dafür war, dass Graymoor auseinanderfiel.

Sheriff Miller empfing ihn im Hauptbüro, sein Gesicht war angespannt und müde. Er sah aus, als hätte er seit Tagen nicht geschlafen. „Wir haben ein Problem, Cole", sagte Miller und bedeutete ihm, ihm in sein Büro zu folgen.

„Ja, das ist mir aufgefallen", antwortete Cole und schloss die Tür hinter sich. „Die ganze Stadt ist nervös."

Miller saß schwerfällig hinter seinem Schreibtisch und fuhr sich mit der Hand durch sein ergrauendes Haar. „Es ist noch schlimmer. Die Leute haben Angst – wirklich Angst. Sie sagen Dinge und geben Ihnen die Schuld, dass Sie das alles angeheizt haben."

Cole hob eine Augenbraue. „Mir die Schuld geben?"

Millers Blick war ernst. „Du bist der Außenseiter, Cole. Du kommst zurück in die Stadt und plötzlich liegen zwei tote Mädchen im Wald? Die Leute glauben nicht an Zufälle, vor allem nicht hier. Sie denken, du bist einer der Gründe, warum das alles passiert."

Cole spürte, wie ihn die Frustration überkam. „Das kann nicht Ihr Ernst sein. Ich bin derjenige, der versucht, das zu stoppen. Wenn jemand die Schuld tragen sollte, dann die Leute, die das seit Jahrzehnten vertuschen."

Miller schüttelte mit grimmiger Miene den Kopf. „Die Leute sehen das anders. Bevor Sie hierher kamen, war es in der Stadt ruhig, und jetzt bricht alles zusammen. Sie wollen nicht zugeben, dass etwas Dunkleres unter der Oberfläche gelauert hat. Es ist einfacher, Ihnen die Schuld zu geben, als der Wahrheit ins Auge zu blicken."

Cole ballte die Fäuste und versuchte, seine Wut unter Kontrolle zu halten. Er hatte das schon einmal erlebt – kleine Städte, die ihre eigenen Leute beschützten, selbst wenn das bedeutete, sich gegen die Person zu wenden, die ihnen helfen wollte. Aber das war anders. Graymoor verbarg nicht nur Geheimnisse, es ertrank darin.

„Was soll ich denn tun?", fragte Cole mit angespannter Stimme. „Weggehen? Das wieder geschehen lassen?"

Miller beugte sich nach vorne und stützte seine Ellbogen auf den Schreibtisch. „Ich möchte nicht, dass Sie weggehen, aber Sie müssen verstehen, wie diese Stadt funktioniert. Die Leute haben Angst, und verängstigte Leute tun dumme Dinge. Das Letzte, was wir brauchen, ist, dass sie sich gegen Sie wenden – oder schlimmer noch, dass sie versuchen, die Sache selbst in die Hand zu nehmen."

Coles Kiefer spannte sich an. „Na und? Wir lassen sie einfach den Kopf in den Sand stecken, während noch ein Mädchen ermordet wird?"

Miller atmete scharf aus, die Frustration war in seinen Augen deutlich zu erkennen. „Das sage ich nicht. Aber wir müssen vorsichtig damit umgehen. Wenn die Stadt anfängt zu glauben, dass Sie Teil des Problems sind, geraten die Dinge außer Kontrolle."

Cole stand auf und ging im Zimmer auf und ab, während seine Gedanken rasten. Er hatte gewusst, dass die Rückkehr nach Graymoor schwierig werden würde, aber das hatte er nicht erwartet. Er hatte nicht erwartet, dass sich die Stadt so schnell gegen ihn wenden würde. Aber er konnte es sich nicht leisten, die Konzentration zu verlieren – nicht jetzt.

„Was ist mit Annas Familie?", fragte Cole und blieb vor Millers Schreibtisch stehen. „Haben sie etwas gesagt?"

Millers Gesicht verfinsterte sich. „Sie trauern. Sie sind wütend. Ich habe heute Morgen mit ihrem Vater gesprochen und er ist überzeugt, dass wir nicht genug tun. Er will

Antworten, Cole. Antworten, die wir nicht haben."

Cole seufzte und fuhr sich mit der Hand durchs Haar. „Wir sind nah dran, Miller. Wir fangen an herauszufinden, was hier vor sich geht. Aber wenn wir die Stadt auseinanderfallen lassen, bevor wir alle Teile zusammensetzen können, wird das alles keine Rolle mehr spielen."

Miller nickte langsam, doch die Müdigkeit in seinen Augen blieb. „Ich weiß. Aber uns läuft die Zeit davon. Der Bürgermeister sitzt mir im Nacken, die Stadt verliert das Vertrauen in uns und Sie sind zur Zielscheibe geworden."

Cole setzte sich wieder und beugte sich entschlossen nach vorne. „Wir müssen die Geschichte kontrollieren. Wenn die Leute mir die Schuld geben, sollten wir das nutzen. Sie sollten sich auf mich konzentrieren, wenn das den Druck für eine Weile verringert. Aber hinter den Kulissen graben wir weiter. Wir finden heraus, was wirklich mit Anna und Emma passiert ist, bevor noch jemand verletzt wird."

Miller sah ihn überrascht an. „Sie sind bereit, die Hitze auf sich zu nehmen?"

Cole lächelte bitter. „Wenn es bedeutet, das zu stoppen, ja. Lassen Sie sie denken, ich sei das Problem. Das verschafft uns etwas Zeit, um herauszufinden, wer wirklich dahinter steckt."

Miller musterte ihn einen Moment lang und nickte dann. „Na gut. Aber du solltest besser vorsichtig sein, Cole. Du befindest dich in dieser Stadt schon auf dünnem Eis, und wenn die Dinge schiefgehen ..."

„Ich weiß", unterbrach ihn Cole. „Ich werde mich darum kümmern."

Als er das Büro des Sheriffs verließ, lastete die Last des Misstrauens der Stadt wie ein schwerer Mantel auf seinen Schultern. Er spürte ihre Blicke auf sich, ihr Geflüster, das ihm folgte. Er war zum Feind geworden, zum Außenseiter, der den Tod nach Graymoor gebracht hatte. Es war leichter für sie, das zu glauben, als der Wahrheit ins Auge zu blicken – dass hier schon lange vor seiner Rückkehr etwas viel Dunkleres gelauert hatte.

Als Cole durch die Straßen ging, spürte er die Veränderung. Die Leute, die ihn früher mit vorsichtigem Respekt begrüßt hatten, mieden nun seinen Blick. Alte Freunde drehten ihm den Rücken zu und Fremde überquerten die Straßenseite, um ihm aus dem Weg zu gehen. Er wusste, wie das funktionierte – Angst erzeugte Wut, und Wut brauchte ein Ziel.

Auf dem Weg zurück zu seinem Auto hörte er eine Stimme von der anderen Straßenseite. Er drehte sich um und sah einen älteren Mann, den er vage aus seiner Kindheit in Graymoor wiedererkannte.

„Du hättest nie wiederkommen dürfen, Cole", schrie der Mann mit anklagender Stimme. „Das geht auf deine Kosten! Du hast dieses Übel hierhergebracht!"

Cole starrte den Mann an, die Worte trafen ihn tiefer, als er erwartet hatte. Er hatte sein ganzes Leben lang versucht, den Schatten von Graymoor zu entkommen, nur um wieder in sie hineingezogen zu werden. Und jetzt wollte die Stadt ihm die Schuld für etwas geben, das seit Generationen schwelte.

Er wandte sich mit zusammengebissenen Zähnen ab und stieg in sein Auto. Während er durch die ruhigen Straßen fuhr, wurde das Gefühl der Isolation immer stärker. Die Stadt wandte sich gegen ihn und ihm blieb nicht viel Zeit, bevor aus dem Getuschel etwas Schlimmeres wurde.

Aber er hatte nicht vor, aufzuhören. Nicht jetzt.

Die Stadt konnte ihn hassen. Sie konnte ihn fürchten. Aber er würde die Wahrheit herausfinden – egal, was es ihn kostete.

Denn er wusste, dass, was auch immer in Graymoor geschah, es nicht vorbei war. Und wenn es das nächste Mal zuschlug, würde es noch schlimmer sein.

Er musste es verhindern, bevor das passierte. Bevor die Stadt einen weiteren Sündenbock fand, dem sie die Schuld geben konnte.

Und bevor die Dunkelheit ein weiteres Opfer forderte.

Gegen Mittag fand sich Cole wieder im Archiv der Bibliothek von Graymoor wieder und blätterte durch Stapel alter Aufzeichnungen und Stadtprotokolle. Die Stadt hatte seit Tagen über ihn getuschelt, aber Cole kümmerte sich nicht mehr darum. Ihm lief die Zeit davon, und Annas Tod bestätigte, was er befürchtet hatte – diese Morde hatten etwas Uraltes und Ritualhaftes an sich. Die Symbole an den Bäumen, die methodische Art der Morde und die unheimliche Stille des Waldes deuteten alle auf etwas Tieferes hin als einen zufälligen Mörder.

Mia gesellte sich kurz darauf zu ihm, und ihr Gesichtsausdruck war genauso erschöpft wie seiner. Sie hatten sich beide verausgabt, aber jetzt kamen sie endlich voran.

„Schon etwas gefunden?", fragte sie und ließ sich mit einem Stapel Bücher unter dem Arm auf den Stuhl neben ihm gleiten.

Cole blickte nicht von den Seiten vor ihm auf. „Es gibt ein Muster. Da bin ich mir sicher. Aber ich weiß noch nicht, was das alles bedeutet."

Mia öffnete ein in Leder gebundenes Tagebuch, das sie mitgebracht hatte, und blätterte zu einer markierten Seite. „Ich habe mich mit der Geschichte von Graymoor beschäftigt, insbesondere mit den Gründerfamilien. Hier ist etwas Seltsames, Cole. Ich habe Hinweise auf eine alte Siedlung gefunden, die sogar noch vor der offiziellen Gründung der Stadt existierte."

Cole runzelte die Stirn. „Vor Graymoor?"

Mia nickte und überflog die Notizen, die sie gemacht hatte. „Im 19. Jahrhundert, lange bevor Graymoor zu dem wurde, was es heute ist, gab es eine Gruppe von Siedlern – eine isolierte Gemeinschaft, die in den Wäldern lebte. Sie galten als fromm, aber es gab Gerüchte, dass ihre Praktiken … seltsam waren. Die Leute nannten sie einen Kult, obwohl das nie jemand bewiesen hat."

Cole richtete sich plötzlich auf, sein Interesse war geweckt. „Was für Übungen?"

Mia zögerte, bevor sie fortfuhr. „Rituale. Opfergaben an den Wald. Sie glaubten, der Wald habe eine Art … Macht. Dass er lebendig sei und dass sie Opfer bringen müssten, um in Harmonie mit ihm zu leben."

„Menschenopfer?", fragte Cole mit kaltem Unterton in der Stimme.

Mia sah grimmig aus. „Es gibt keine direkten Beweise, aber die Gerüchte deuten darauf hin. Die Siedler verschwanden schließlich – spurlos. Offiziell wurde es einem strengen Winter zugeschrieben, aber es wurden nie Leichen gefunden. Die Stadt, aus der schließlich Graymoor wurde, wurde in der Nähe ihres früheren Wohnorts gebaut. Aber die Geschichten über die Wälder sind nie verschwunden. Die Leute sagen, dass die Rituale der Siedler Spuren im Land hinterlassen haben und diese Spuren sind seitdem dort geblieben."

Cole fuhr sich mit der Hand durchs Haar, sein Verstand arbeitete auf Hochtouren. „Und die Symbole? Haben sie etwas mit diesen Siedlern zu tun?"

Mia nickte erneut und blätterte in ihrem Notizbuch. „Ich habe Hinweise auf Symbole gefunden, die denen ähnln, die wir in die Bäume geritzt gesehen haben. Sie sind alt, älter als die moderne Sprache und mit alten Glaubenssystemen verbunden, die die Natur verehrten. Einige Gelehrte glauben, dass die Symbole Schutz darstellen, andere glauben jedoch, dass sie Grenzen markieren sollen – Orte, an denen Opfergaben dargebracht wurden."

Cole beugte sich vor und kniff die Augen zusammen. „Sie meinen also, diese Morde seien Teil einer Art Ritual? Dass der Mörder glaubt, sie würden die Bräuche dieser Siedler fortführen?"

„Das ist möglich", sagte Mia. „Die Art, wie die Leichen angeordnet sind, die Symbole – alles passt zusammen. Wer das tut, tötet nicht einfach nur des Tötens wegen. Er stellt etwas nach. Etwas, das seit Generationen weitergegeben wird."

Coles Gedanken rasten. Er war so darauf konzentriert gewesen, einen einzelnen Mörder zu finden, dass er nicht die Möglichkeit in Betracht gezogen hatte, dass es sich um etwas Größeres handeln könnte. Wenn diese Morde mit einem uralten Ritual in Verbindung standen, dann suchten sie nicht nur nach einer Person – sie suchten nach einem Glaubenssystem, etwas, das tief in Graymoors Vergangenheit verwurzelt war.

„Das heißt, das Ganze hat nicht mit Emma oder Anna angefangen", sagte Cole und dachte laut nach. „Es geht weiter zurück, viel weiter. Die Verschwinden im Laufe der Jahre – das alles war Teil davon."

„Genau", sagte Mia. „Aber die Frage ist, warum jetzt? Warum hat es wieder angefangen?"

Cole schwieg einen Moment und dachte nach. „Vielleicht hat es nie aufgehört. Vielleicht ist es jahrelang im Geheimen passiert und wir sehen erst jetzt die Anzeichen. Wer auch immer dahinter steckt – er folgt einem Teufelskreis und wir sind mitten hineingeraten."

Mia warf einen Blick auf das alte Tagebuch auf dem Tisch zwischen ihnen. „Da ist noch etwas. Ich habe einen Hinweis auf ein Ereignis gefunden, das alle 25 Jahre stattfindet. Die Siedler nannten es ‚Die Erneuerung'. Es soll eine Zeit gewesen sein, in der der Wald ein Opfer als Gegenleistung für Schutz und für das Weiterleben verlangte."

Cole spürte, wie ihm ein kalter Schauer über den Rücken lief. „Die Erneuerung?"

Mia nickte. „Wenn wir dieser Zeitlinie folgen ... sind wir überfällig. Das letzte aufgezeichnete Ereignis dieser Art fand Ende der 1990er Jahre statt. Ungefähr zu der Zeit, als Lana –" Sie zögerte, als sie Coles Gesichtsausdruck sah. „Ungefähr zu der Zeit, als deine Schwester verschwand."

Cole biss die Zähne zusammen, und die Puzzleteile fügten sich zusammen. „Das ist kein Zufall. Wer auch immer das tut, glaubt, er führt eine Art Ritual durch, um die Stadt zu schützen. Er glaubt, die Morde seien notwendig. Ein Opfer."

Mia sah ihn mit besorgten Augen an. „Und wenn sie diesem Ritual folgen, besteht eine gute Chance, dass sie erneut vorhaben zu töten."

Coles Herz klopfte. Die Puzzleteile fügten sich langsam zusammen, aber es reichte nicht. Er wusste immer noch nicht, wer hinter den Morden steckte, und, was noch wichtiger war, er wusste nicht, wann und wo sie das nächste Mal zuschlagen würden.

„Wir müssen mehr über diese Siedler herausfinden, über die Rituale", sagte Cole und stand abrupt auf. „Es muss noch mehr geben – etwas, das uns auf den Mörder hinweist. Wer auch immer es ist, er arbeitet nach einem alten Drehbuch, und wenn wir herausfinden, was als Nächstes passiert, können wir ihn vielleicht aufhalten."

Auch Mia stand auf, mit Entschlossenheit in den Augen. „Ich werde weiter graben. In den Stadtarchiven muss noch mehr zu finden sein, vielleicht etwas in den alten Tagebüchern der Gründerfamilien."

„Gut", sagte Cole und griff nach seinem Mantel. „Wir sind nah dran, Mia. Ich spüre es. Wir brauchen nur noch ein Stück, einen weiteren Hinweis, um die Sache aufzuklären."

Als er zur Tür ging, kam ihm ein Gedanke. Er drehte sich wieder zu Mia um. „Du hast gesagt, die Siedler seien verschwunden, richtig? Was, wenn sie nicht verschwunden sind? Was, wenn sie die ganze Zeit hier waren, versteckt vor aller Augen?"

Mias Augen weiteten sich. „Glaubst du, es könnte Nachkommen geben? Menschen, die die Rituale noch immer durchführen?"

„Das würde vieles erklären", sagte Cole. „Wenn dieses Glaubenssystem über Generationen weitergegeben wurde, könnte der Mörder jemand aus einer der alten Familien sein. Jemand, der dazu erzogen wurde, an diese Rituale zu glauben und sie durchzuführen, wenn die Zeit gekommen ist."

Mia nickte langsam, und die Puzzleteile fügten sich zusammen. „Dann müssen wir anfangen, die Gründerfamilien zu untersuchen. Wenn der Mörder ein Nachkomme ist, könnte es jemand sein, den wir nie verdächtigt haben. Jemand, der schon immer hier war, ein Teil der Stadt."

Coles Gedanken rasten, als sie die Bibliothek verließen. Die Last dessen, was sie entdeckt hatten, lastete schwer auf seinen Schultern. Das Ritual, die Opfer, die seltsame Verbindung zur Geschichte der Stadt – all das deutete auf etwas viel Dunkleres hin, als er es sich vorgestellt hatte.

Und jetzt war ihm klarer denn je, dass ihnen die Zeit davonlief.

In dieser Nacht wurde Cole die Last der ganzen Sache endlich bewusst. Nachdem er mit Mia stundenlang recherchiert und die verstörende Geschichte der Stadt und ihre seltsame, rituelle Vergangenheit rekonstruiert hatte, fand sich Cole in seinem kleinen, dunklen Haus wieder, allein mit seinen Gedanken. Er saß auf der Bettkante, und das sanfte Licht der Nachttischlampe konnte die Schatten, die sich ihm zu nähern schienen, kaum vertreiben.

Der Raum war bedrückend, die Stille dicht und erdrückend. In seinem Kopf gingen ihm immer wieder die Gesichter der Opfer durch den Kopf – Emma, Anna und die anderen, die im Laufe der Jahre verschwunden waren. Und dann, unvermeidlich, Lana.

Er presste die Handballen auf seine Augen und versuchte, die Flut der Erinnerungen zu verdrängen, die ihn zu überwältigen drohten. Aber es war sinnlos. Jedes Mal, wenn er die Augen schloss, sah er sie – seine Schwester, die ihn gerade noch anlächelte und dann im nächsten Moment verschwunden war. Ihr Verschwinden hatte ihn jahrelang verfolgt, die unbeantworteten Fragen, die Schuldgefühle. Jetzt kämpfte sich alles, was er tief in seinem Innern vergraben hatte, wieder an die Oberfläche.

Cole stand abrupt auf, seine Brust war eng vor Frustration und Wut. Er ging in die kleine Küche, nahm ein Glas von der Theke und füllte es mit Wasser, aber seine Hände zitterten. Das Zittern erschreckte ihn. Er war so darauf konzentriert gewesen, den Fall zu lösen, denjenigen – oder was auch immer – zu stoppen, der hinter den Morden steckte, dass er nicht bemerkt hatte, wie sehr ihn das alles zerriss.

DIE DUNKLE GESTALT IM WALD

Er lehnte sich an die Theke und starrte auf das Glas in seinen Händen, sein Spiegelbild war im Wasser verzerrt. Was machte er hier? Graymoor war nie nett zu ihm gewesen, hatte ihm nie Antworten gegeben, wenn er sie brauchte. Die Stadt hatte ihm alles genommen – seine Schwester, seinen Seelenfrieden, und nun schien sie entschlossen, ihn völlig zu brechen.

Der Druck war unerträglich. Die Stadt hatte sich gegen ihn gewendet. Die Ermittlungen drehten sich im Kreis, und jedes Mal, wenn er dachte, sie kämen der Wahrheit näher, rutschte sie ihm wie Sand durch die Finger. Und Lana... der Gedanke an seine Schwester löste eine Lawine von Schuldgefühlen aus. Er hatte ihr versprochen, sie zu beschützen, und er hatte versagt.

Cole knallte das Glas auf die Theke, das Wasser spritzte über den Rand. Er atmete kurz und stoßweise, Panik überkam ihn wie eine Flut. So hatte er sich seit Jahren nicht mehr gefühlt, nicht seit Lanas Verschwinden. Die Hilflosigkeit, die Angst, dass er, egal was er tat, egal wie sehr er es versuchte, niemanden retten konnte. Nicht Emma, nicht Anna und definitiv nicht Lana.

Er stieß sich von der Theke ab und ging in dem kleinen Raum auf und ab, während ihm der Kopf schwirrte. Er war so viele Jahre damit verbracht, vor Graymoor davonzulaufen, vor dem Schmerz, sie verloren zu haben. Und jetzt war er wieder da, wo alles begann, mit denselben unbeantworteten Fragen, denselben Geistern, die ihn auf Schritt und Tritt verfolgten.

Es fühlte sich an, als würden die Wände des Hauses näher kommen, die Erinnerungen drückten auf ihn und erstickten ihn. Er konnte nicht atmen, nicht denken. Es war zu viel.

Cole schnappte sich seinen Mantel und stürmte aus dem Haus, verzweifelt auf der Suche nach Luft, nach Platz. Die kalte Nachtluft traf ihn wie ein Schlag, als er nach draußen trat.

Die Straßen von Graymoor waren still und leer. Er ging, ohne zu wissen, wohin er ging, er musste einfach nur weg. Aber egal, wie weit er ging, die Erinnerungen folgten ihm.

Ehe er es überhaupt bemerkte, stand er am Waldrand. Die hohen Bäume ragten dunkel und bedrohlich über ihm auf, genau der Wald, in dem Emma und Anna gefunden worden waren und in dem zahllose andere verschwunden waren. Genau der Ort, an dem Lana vor all den Jahren verschwunden war.

Der Wald flüsterte ihm zu, der Wind rauschte durch die Zweige wie eine sanfte Stimme, die seinen Namen rief. Er stand da und starrte in die Dunkelheit, seine Brust war eng, sein Herz klopfte. Hier hatte alles begonnen. Hier würde es enden.

Cole trat vor, seine Füße knirschten auf den trockenen Blättern, als er die unsichtbare Grenze zwischen den Bäumen überquerte. Je tiefer er ging, desto mehr schien die Stadt hinter ihm zu verschwinden, verschluckt von der dichten, bedrückenden Stille des Waldes.

Sein Atem ging flach, sein Puls beschleunigte sich mit jedem Schritt. Er hatte das Gefühl, beobachtet zu werden, als ob der Wald selbst lebendig wäre und auf ihn wartete. Er war hierhergekommen, um Antworten zu finden, aber jetzt, im Herzen des Ortes, der ihm so viel genommen hatte, war er sich nicht sicher, ob er sie noch wollte.

Die Last seiner Vergangenheit lastete schwer auf ihm, die Schuld, der Verlust, die Hilflosigkeit. Jahrelang hatte er versucht, der Mann zu sein, der andere retten konnte, der Detektiv, der jeden Fall lösen konnte, aber jetzt erkannte er die Wahrheit – er konnte nicht einmal sich selbst retten.

„Warum?", flüsterte er mit brüchiger Stimme in die Dunkelheit. „Warum hast du sie mitgenommen?"

Der Wald antwortete nicht. Schweres und undurchdringliches Schweigen breitete sich aus.

Cole sank auf die Knie und umklammerte mit den Händen die kalte Erde unter ihm. Er verlor die Kontrolle, verlor sich selbst. Zum ersten Mal seit Jahren fühlte er sich vollkommen machtlos.

Er dachte an Lana – ihr Lachen, ihre strahlenden Augen, wie sie immer an ihn geglaubt hatte. Sie hatte darauf vertraut, dass er sie beschützte, und er hatte sie enttäuscht. Er hatte sie alle enttäuscht.

„Es tut mir leid", flüsterte er, seine Stimme war kaum hörbar. „Es tut mir so leid."

Dann kamen die Tränen, heiß und unerwartet. Er hatte sie so lange zurückgehalten, aber jetzt, in der Dunkelheit des Waldes, konnte er sie nicht mehr zurückhalten. Er vergrub sein Gesicht in seinen Händen, sein Körper zitterte vor Schluchzen, das er sich seit Jahren nicht mehr erlaubt hatte.

Lange blieb Cole dort, kniete im kalten Dreck, die Last seiner Trauer, seiner Schuld brach in Wellen über ihn herein. Er war so viel Zeit damit verbracht wegzurennen, so viel Zeit damit verbracht, den Schmerz zu verdrängen, aber jetzt konnte er nirgendwo mehr hin.

Als die Tränen endlich versiegten, lehnte sich Cole zurück und starrte in die Dunkelheit. Der Wald war noch immer still, aber es fühlte sich nicht mehr so an, als würde er ihn beobachten. Er fühlte sich leer, als hätte er ihm alles gegeben, was er besaß.

Er wischte sich mit dem Handrücken übers Gesicht, sein Atem ging jetzt langsamer. Er war noch nicht fertig – das konnte er nicht sein. Die Vergangenheit hatte ihn noch immer im Griff, aber wenn er das hier überleben und die Morde stoppen wollte, musste er sich ihr direkt stellen.

Langsam stand Cole auf, seine Beine waren unsicher. Er holte tief Luft, die kalte Luft füllte seine Lungen und machte seinen Kopf frei. Die Last der Vergangenheit war immer noch da, aber jetzt, zum ersten Mal seit Jahren, fühlte er sich bereit, sie zu tragen.

Der Wald hatte ihm zwar nicht die Antworten gegeben, die er gesucht hatte, aber er hatte ihm etwas anderes gegeben – etwas, was er nicht erwartet hatte. Klarheit. Stärke.

Er war noch nicht fertig. Bei weitem nicht.

Am nächsten Morgen verspürte Cole eine seltsame Ruhe, als er die Bibliothek betrat. In der Nacht zuvor, im Wald, hatte sich etwas in ihm verändert. Sein Zusammenbruch war kathartisch und schmerzhaft gewesen, aber er hatte ihm neue Entschlossenheit verliehen. Er war noch nicht am Ende und würde sich nicht von Graymoor besiegen lassen. Nicht noch einmal.

Mia saß bereits an einem der Tische, umgeben von alten Büchern, Zeitschriften und Stadtakten. Als er näher kam, blickte sie auf, und ihr Gesicht strahlte vor vorsichtigem Optimismus.

„Ich habe noch mehr alte Tagebücher durchgesehen", sagte sie und deutete auf den Stapel Notizbücher vor ihr. „Ich glaube, ich habe etwas gefunden."

Cole saß ihr gegenüber, gespannt, aber vorsichtig. „Was ist los?"

Mia öffnete eines der staubigen, in Leder gebundenen Tagebücher. „Dies ist ein Tagebuch einer der ursprünglichen Familien, der Hales. Es gehörte Eleanor Hale, die Ende des 19. Jahrhunderts hier lebte. Sie war eine der Siedlerinnen, Teil der isolierten Gruppe, von der wir gesprochen haben."

Sie blätterte durch die vergilbten Seiten und blieb bei einem Eintrag stehen, der kurz vor dem Verschwinden der Siedler datiert war. „Hören Sie sich das an", sagte sie und las laut vor: ‚Der Wald wird unruhig. Die anderen sehen es nicht, aber ich sehe es. Es liegt ein Flüstern im Wind, dunkel und schrecklich. Die alten Bräuche müssen geachtet und die Opfer dargebracht werden. Wir können den Forderungen des Waldes nicht entgehen. Wenn wir nicht geben, was uns zusteht, wird er uns nehmen. Er nimmt uns immer.'"

Coles Magen drehte sich um. „Das Opfer. Sie spricht von einem Ritual, nicht wahr?"

Mia nickte. „Ich denke schon. Dieses ganze Tagebuch ist voller seltsamer Hinweise auf den Wald und auf etwas, von dem die Siedler glaubten, sie seien ihm schuldig. Sie sprechen von ‚den alten Bräuchen' – Ritualen, die dazu gedacht waren, das zu besänftigen, was sie im Wald vermuteten."

Cole beugte sich nach vorne, während seine Gedanken rasten. „Sagen sie jemals, was das Opfer ist?"

Mia blätterte noch ein paar Seiten durch und runzelte konzentriert die Stirn. „Nicht direkt. Aber Eleanor schreibt über einen schrecklichen Preis, der gezahlt werden muss, um die Stadt zu schützen. Sie sagt nie ausdrücklich, wie hoch dieser Preis ist, aber sie erwähnt junge Frauen. Mädchen wie ihre eigene Tochter, die von den Ältesten ‚ausgewählt' wurden."

Cole gefror das Blut in den Adern. „Sie haben Menschen geopfert. Junge Frauen, genau wie jetzt."

Mia nickte mit leiser Stimme. „Das klingt so. Eleanor hatte schreckliche Angst. Sie war mit den Ritualen nicht einverstanden, hatte aber zu viel Angst, es zu sagen. In ihrem letzten Eintrag spricht sie davon, dass sie versucht hat, mit ihrer

Tochter zu fliehen, aber es wird nicht erwähnt, was danach passiert ist. Es ist, als wäre sie verschwunden, bevor sie die Geschichte zu Ende erzählen konnte."

Cole starrte auf die Seiten, die Implikationen lasteten schwer auf ihm. Die Siedler beteten nicht nur die Natur an – sie brachten Menschenopfer dar, und der Wald oder welche Macht auch immer, von der sie glaubten, dass sie im Wald lebte, verlangte dies. Die Menschen von Graymoor führten diese Rituale seit Generationen fort, wahrscheinlich im Geheimen, um die Dunkelheit, an die sie glaubten, in Schach zu halten.

„Denken Sie, dass der Mörder einer von Eleanors Nachkommen ist?", fragte Cole, und in seinem Kopf schwirrten die Möglichkeiten.

„Das ist möglich", sagte Mia. „Aber da ist noch etwas anderes. Das Symbol, das wir bei den Leichen gefunden haben – das in die Bäume geritzte? Es wird auch im Tagebuch erwähnt."

Sie wandte sich einem bestimmten Eintrag zu und zeigte auf eine Skizze, die Eleanor gezeichnet hatte. Es war dasselbe gezackte Symbol, das sie an den Tatorten gesehen hatten, eingeritzt in die Rinde der Bäume in der Nähe von Emmas und Annas Leichen. Es war grob, aber unverkennbar.

„Eleanor nannte es ‚das Zeichen des Waldes'. Sie sagte, es wurde verwendet, um die heiligen Orte zu kennzeichnen, die Bereiche, in denen die Opfergaben dargebracht wurden. Die Orte, an denen die Siedler glaubten, dass die Grenze zwischen ihrer Welt und der Welt des Waldes am dünnsten war."

Cole starrte auf die Skizze, und sein Puls beschleunigte sich. „Der Mörder kopiert diese alten Rituale nicht einfach. Er glaubt an sie. Er glaubt, er beschützt die Stadt, indem er diese Opfer bringt und diese Orte markiert."

Mia nickte. „Aber warum jetzt? Warum nach all dieser Zeit?"

Cole dachte an das zurück, was Jack gesagt hatte, über die Dunkelheit, die wieder erwachte, über einen Zyklus, der sich seit Generationen wiederholte. Er sah Mia mit fester Stimme an. „Weil sich der Zyklus wiederholt. Die Siedler glaubten, sie müssten jede Generation ein Opfer darbringen, und jetzt versucht jemand in dieser Stadt, diese Tradition am Leben zu erhalten."

Mias Augen weiteten sich. „Willst du damit sagen, das ist nicht das erste Mal?"

Cole nickte. „Das kann nicht sein. Das passiert schon seit Jahren – seit Jahrzehnten, vielleicht sogar noch länger. Die Verschwinden, die Morde – das alles war Teil desselben Rituals. Wer auch immer dahintersteckt, glaubt, er führt eine uralte Tradition fort und beschützt Graymoor, indem er diese Opfer bringt."

Mia lehnte sich zurück und nahm die Bedeutung seiner Worte in sich auf. „Die Frage ist also: Wer macht das? Und wer ist der Nächste?"

Coles Gedanken rasten. Das Tagebuch hatte ihnen einen wichtigen Hinweis gegeben, aber das reichte nicht. Sie mussten herausfinden, wer in der Stadt das verdrehte Erbe der Siedler weiterführte. Jemand hatte Zugang zu diesem Wissen, jemand, der an die alten Bräuche glaubte und bereit war zu töten, um die Stadt „sicher" zu halten.

„Wir müssen mehr über die Hales herausfinden", sagte Cole mit fester Stimme. „Wenn das mit ihnen angefangen hat, könnte es eine direkte Verbindung zum Mörder geben. Es könnte heute Nachkommen in der Stadt geben, Menschen, die noch immer an diese alten Rituale gebunden sind."

Mia nickte, schloss das Tagebuch und stand auf. „Ich werde anfangen, in den Stadtarchiven zu stöbern und sehen, ob ich noch lebende Familienmitglieder aufspüren kann. Vielleicht gibt es eine Verbindung, die wir übersehen haben."

Auch Cole stand auf, und seine Brust war voller Entschlossenheit. „Gut. Und ich werde bei Jack nachfragen, ob er mehr über die Gründerfamilien weiß. Wenn es noch jemanden gibt, der diese Traditionen fortführt, müssen wir ihn finden, bevor er wieder zuschlägt."

Als sie ihre Sachen zusammenpackten und die Bibliothek verließen, konnte Cole das Gefühl nicht abschütteln, dass die Zeit davonlief. Die dunklen Rituale der Siedler waren seit Generationen begraben, doch jetzt erwachten sie mit tödlichen Konsequenzen wieder zum Leben. Jemand in Graymoor hatte die Tradition dieser alten Glaubenssätze übernommen und sie würden nicht aufhören, bis das Ritual abgeschlossen war.

Aber Cole würde das nicht zulassen. Nicht noch einmal.

Sie waren sich nah – näher als je zuvor. Und mit den Hinweisen aus dem Tagebuch hatten sie endlich die Chance, diesen Teufelskreis zu durchbrechen. Aber als sie in den kalten Morgen von Graymoor hinausgingen, wusste Cole eines ganz sicher:

Die Dunkelheit hatte sie noch nicht losgelassen.

Unter der Oberfläche

Die nächsten Tage waren ein Wirrwarr aus langen Nächten und Sackgassen. Cole und Mia hatten Stunden damit verbracht, alte Stadtunterlagen zu studieren, um die Nachkommen der ursprünglichen Siedler aufzuspüren, aber Graymoor hatte seine Geheimnisse tief vergraben. Die Gründerfamilien der Stadt waren noch immer prominent, aber die meisten von ihnen waren zu Säulen der Gemeinschaft geworden – respektabel, unantastbar. Dennoch konnte Cole das Gefühl nicht loswerden, dass hinter ihrer glatten Fassade etwas Unheimliches lauerte.

Erst spät am Abend, als sie fast erschöpft waren, kam es endlich zum Durchbruch. Mia blätterte gerade in alten Eigentumsunterlagen, als sie auf etwas stieß, das sie aufrichten und die Augen weiten ließ.

„Cole, sieh dir das an", sagte sie und schob ihm das Dokument über den Tisch. „Es ist eine Grundstücksurkunde aus dem Jahr 1905. Darin wird die Familie Hale erwähnt, aber das Seltsame ist: Direkt außerhalb der Stadt, tief im Wald, gibt es ein Stück Land, das immer noch auf ihren Namen registriert ist. Der Besitz hat sich seit über einem Jahrhundert nicht geändert."

Cole überflog das Dokument, und seine Gedanken rasten. „Das kann nicht stimmen. Wenn die Hales Ende des 19.

Jahrhunderts verschwunden sind, warum gehört ihnen ihr Land dann immer noch?"

Mia nickte und runzelte konzentriert die Stirn. „Genau. Das Land hätte schon vor Jahren an die Stadt zurückfallen oder verkauft werden sollen. Aber das ist nicht der Fall. Es ist unberührt geblieben und niemand hat es je in Frage gestellt."

Eine kalte Erkenntnis überkam Cole. „Der Wald. Dort fanden die Rituale statt, dort wurden die Opfergaben dargebracht. Was, wenn derjenige, der diese Morde begeht, dieses Land nutzt? Was, wenn sie dort immer noch ihre Rituale durchführen?"

Mia beugte sich vor, ihre Stimme war leise. „Dieses Land könnte der Ort sein, an dem die Siedler lebten und ihre Rituale praktizierten. Das würde erklären, warum niemand darüber spricht – weil niemand dorthin geht. Es ist praktisch von der Bildfläche verschwunden."

Cole spürte, wie sein Puls schneller wurde. „Wir müssen da raus. Wenn sie das dort tun, gibt es vielleicht Beweise – irgendetwas, das die Morde mit der Gegenwart in Verbindung bringt."

Doch kaum hatte er die Worte ausgesprochen, zögerte Mia. „So einfach wird das nicht, Cole. Du weißt, was passiert, wenn Leute anfangen, an solchen Orten herumzuschnüffeln. Die Stadt will nicht, dass die Vergangenheit ausgegraben wird, vor allem nicht bei so etwas. Du befindest dich bei ihnen schon auf dünnem Eis, und wenn du ohne Erlaubnis in das Land einer alten Familie eindringst, könntest du die Dinge noch schlimmer machen."

Cole wusste, dass sie recht hatte. Die Stadt wandte sich bereits gegen ihn und je mehr er Druck ausübte, desto gefährlicher wurde es. Aber ihnen lief die Zeit davon und wenn sie nicht bald handelten, könnte ein weiteres Leben verloren gehen.

„Das ist mir egal", sagte Cole entschieden. „Wenn dort die Wahrheit vergraben ist, müssen wir dorthin. Ich kann nicht einfach dasitzen und warten, bis so etwas wieder passiert."

Mia seufzte, aber in ihren Augen lag Entschlossenheit. „Okay. Aber wir werden Hilfe brauchen. Wir können da nicht alleine rausgehen. Die Leute dahinter sind gefährlich und wir wissen nicht, worauf wir uns einlassen."

Cole nickte und dachte bereits über die nächsten Schritte nach. „Ich werde mit Jack reden. Er kennt diese Wälder besser als jeder andere, und wenn da draußen etwas ist, wird er es wissen."

Mit einem Plan im Kopf verließ Cole die Bibliothek und ging zu Jack Mercers Haus. Der kalte Wind biss ihm beim Gehen in die Haut. Seine Gedanken rasten. Die Entdeckung des Hale-Landes war die erste echte Spur, die sie seit Tagen gefunden hatten, aber es war auch die gefährlichste. Wer auch immer hinter den Morden steckte, hatte die Rituale der Siedler seit Generationen fortgeführt, und nun war Cole im Begriff, ihr Territorium zu betreten.

Als er Jacks Haus erreichte, überkam ihn das vertraute Gefühl der Furcht. Jack war der einzige Mensch in der Stadt gewesen, der versucht hatte, ihn zu warnen, der auf die Dunkelheit hingewiesen hatte, die unter der Oberfläche von Graymoor lauerte. Jetzt brauchte Cole mehr als Hinweise – er brauchte Antworten.

Jack öffnete nach ein paar Augenblicken die Tür, sein Gesichtsausdruck war ernst, aber nicht überrascht. „Ich dachte mir, du kommst wieder", sagte er und trat zur Seite, um Cole hereinzulassen.

„Ich habe etwas gefunden", sagte Cole ohne Umschweife, als

er eintrat. „Ein Stück Land im Wald. Es ist immer noch im Besitz der Familie Hale, selbst nach all den Jahren. Ich glaube, dort haben die Rituale stattgefunden."

Jacks Gesicht verfinsterte sich. Er ging zum Kamin und lehnte sich schwer auf den Kaminsims, als ob die Last von Coles Worten auf ihm lastete. „Das alte Hale-Land", murmelte er. „Ich habe davon gehört, aber niemand spricht darüber. Es ist einer dieser Orte, die die Leute in der Stadt einfach … ignorieren. Zu viele Geschichten über dieses Land. Zu viel schlechte Geschichte."

Cole durchquerte den Raum und blieb neben Jack stehen. „Was weißt du darüber?"

Jack seufzte und rieb sich mit der Hand übers Gesicht. „Nicht viel, aber genug. Mein Vater hat immer davon gesprochen, als ich jünger war. Er sagte, das Land sei verflucht, und jeder, der dorthin ging, käme nie wieder als derselbe zurück. Es liegt tief in den Wäldern, in der Nähe des Herzens der ersten Siedler. Manche sagen, dort haben sie ihre Altäre gebaut und ihre Opfergaben dargebracht."

Coles Herz klopfte. „Denken Sie, der Mörder könnte es jetzt benutzen?"

Jack antwortete nicht sofort, sein Blick war abwesend. „Das ist möglich. Das Land war schon immer gesperrt, aber niemand in der Stadt hat sich jemals die Mühe gemacht, es zu überprüfen. Wenn jemand es für… für etwas Dunkles benutzt hat, könnte er das jahrelang getan haben, ohne dass es jemand gewusst hätte."

„Dann müssen wir da rausgehen", sagte Cole bestimmt. „Wir müssen es selbst sehen."

Jack zögerte und kniff die Augen zusammen. „Du weißt nicht, worauf du dich einlässt, Cole. Dieses Land … es ist nicht irgendein Stück Land. Es ist mit etwas Altem, etwas Gefährlichem verbunden. Die Leute, die diese Rituale durchführen – sie werden nicht zulassen, dass du sie aufhältst."

„Das weiß ich", antwortete Cole. „Aber wenn wir sie nicht aufhalten, werden noch mehr Menschen sterben. Wer auch immer das tut, glaubt an diese Rituale und glaubt, er beschützt die Stadt, indem er unschuldige Menschen tötet. Das werde ich nicht zulassen."

Jack musterte ihn einen langen Moment und nickte dann langsam. „Na gut. Ich werde mitkommen. Aber du solltest besser auf das vorbereitet sein, was wir da draußen finden, Cole. Es geht hier nicht nur darum, einen Mord aufzuklären. Es geht darum, gegen etwas anzugehen, das seit langer, langer Zeit in dieser Stadt vergraben liegt."

Cole nickte, und in seiner Brust wuchs Entschlossenheit. Er war bereit.

Als sie Jacks Haus verließen und die kalte Nachtluft ihnen in die Haut biss, wusste Cole, dass es, was auch immer vor ihnen lag, nicht einfach werden würde. Die Dunkelheit unter Graymoor hatte seit Generationen geschwelt, verborgen hinter Schichten von Geheimnissen und Ritualen.

Doch jetzt kam die Dunkelheit an die Oberfläche und Cole war bereit, sich ihr zu stellen – koste es, was es wolle.

Am nächsten Morgen wurde Cole vom Geräusch des Regens geweckt, der gegen sein Fenster trommelte. Das Wetter hatte sich über Nacht geändert und eine kalte, graue Decke über Graymoor gelegt. Das war passend, dachte er, angesichts des Sturms, der gerade über der Stadt hereinbrechen würde. Mit der Entdeckung des Hale-Landes tickte die Uhr. Wer auch immer diese Rituale durchführte, war tief in ihren Plan verstrickt, und Cole hatte das ungute Gefühl, dass sie kurz vor einem weiteren Mord standen.

Als Cole die Station erreichte, war Mia bereits dort und studierte Karten des umliegenden Waldes. Sie sah auf, als er eintrat, ihr Gesicht war blass vor Sorge. „Wir müssen los, Cole", sagte sie mit angespannter Stimme. „Ich habe die Aufzeichnungen der Gründerfamilien durchgesehen und die Nachkommen aufgespürt. Ein Name taucht immer wieder auf – Lyle Hale."

Cole kniff die Augen zusammen. „Lyle Hale? Ist er noch in der Stadt?"

Mia nickte. „Er hält sich seit Jahren bedeckt, aber seine Familie hat hier tiefe Wurzeln. Und jetzt kommt's: Er besitzt mehrere Geschäfte, aber eines seiner Grundstücke ist eine alte Hütte tief im Wald. Sie liegt in der Nähe des Grundstücks, das Sie gefunden haben."

Coles Magen drehte sich um. „Das muss es sein. Dort werden die Rituale abgehalten."

Mia zog ein Blatt Papier heraus und reichte es Cole. „Ich habe ein bisschen über Lyle recherchiert. Seine Familie ist seit Generationen in die Politik von Graymoor involviert und hatte schon immer den Ruf, ... geheimnisvoll zu sein. Im Laufe der Jahre ist es ihnen gelungen, viel Kritik zu vermeiden, aber es gibt Gerüchte. Die Leute sagen, Lyles Familie sei schon immer von der Vergangenheit der Stadt besessen gewesen und habe die ‚alten Bräuche' am Leben erhalten wollen."

„Das passt zu dem, was wir herausgefunden haben", sagte Cole und ging im Zimmer auf und ab. „Die Hales standen im Mittelpunkt der Rituale, und jetzt führt Lyle ihr Erbe fort. Aber wenn er darin verwickelt ist, bedeutet das, dass ihm ein ganzes Netzwerk von Leuten hilft – Leute, die an die verdrehte Idee glauben, dass die Stadt Opfer braucht, um zu überleben."

Mia biss sich auf die Lippe. „Da ist noch mehr. Ich habe

eine Aufzeichnung eines alten Festes gefunden, das alle paar Jahrzehnte in Graymoor abgehalten wurde. Es hieß ‚Die Erneuerung'. Soweit ich weiß, war es eine Feier, die mit den Ritualen der Siedler verbunden war und die Macht besänftigen sollte, die sie im Wald vermuteten. Aber das letzte Mal wurde es vor über fünfundzwanzig Jahren abgehalten."

Cole blieb stehen und ein kalter Schauer lief ihm über den Rücken. „Vor 25 Jahren. Das war kurz bevor Lana verschwand."

Mia nickte mit ernster Miene. „Ich glaube, der Zyklus beginnt wieder von vorne. Die Erneuerung findet statt und die Morde sind Teil davon. Uns läuft die Zeit davon, Cole. Wenn Lyle demselben Muster folgt, wird es bald ein weiteres Opfer geben."

Coles Gedanken rasten. Er hatte von Anfang an gewusst, dass sie gegen die Zeit arbeiteten, aber jetzt war die Dringlichkeit groß. Wenn sie Lyle nicht fanden – und zwar schnell – würde jemand anderes sterben. Und angesichts der Geschichte der Stadt war nicht abzusehen, wie weit dieses Ritual gehen würde.

„Wir müssen jetzt los", sagte Cole und schnappte sich seinen Mantel. „Lyle hat eine Hütte draußen im Wald in der Nähe des Hale-Landes. Dort wird er sein. Wir müssen dort sein, bevor es zu spät ist."

Mia stand auf und sammelte ihre Sachen zusammen. „Ich gehe mit dir. Allein schaffen wir das nicht."

Doch bevor sie gehen konnten, schwang die Tür zur Wache auf und Sheriff Miller stürmte herein, sein Gesicht rot vor Wut. „Was zur Hölle ist hier los?", bellte er und kniff die Augen zusammen. „Ich habe Gerüchte gehört, dass Sie vorhaben, in den Wald zu gehen. Sie sollten besser nicht daran denken, etwas Dummes zu tun."

Cole hatte keine Zeit dafür. „Ich weiß, wer hinter den

Morden steckt, Miller. Es ist Lyle Hale. Er führt die Rituale der Siedler fort und plant, erneut zu töten. Wenn wir ihn nicht aufhalten, wird noch ein Mensch sterben."

Miller starrte ihn an, sein Gesicht war eine Mischung aus Unglauben und Frustration. „Lyle Hale? Sie wollen mir sagen, dass einer der angesehensten Männer dieser Stadt eine Art Sektenführer ist?"

„Er ist mehr als das", sagte Mia und trat vor. „Er ist Teil einer Familie, die seit Generationen an diesen Ritualen beteiligt ist. Die Stadt hat es jahrelang vertuscht, aber die Morde, die Verschwinden – sie alle führen zu ihm zurück. Wir müssen jetzt handeln."

Miller fuhr sich mit der Hand durchs Haar und hatte offensichtlich Mühe, diese Information zu verarbeiten. „Das ist doch nicht Ihr Ernst. Ich kann nicht einfach auf Gerüchten und alten Legenden basierend in jemandes Eigentum stürmen."

„Das sind nicht nur Gerüchte!", fauchte Cole, dessen Geduld am Ende war. „Wir haben Beweise – Grundbucheinträge, alte Tagebücher, alles deutet darauf hin, dass die Hales diese Rituale seit über einem Jahrhundert durchführen. Und jetzt planen sie ein weiteres Opfer. Willst du wirklich derjenige sein, der es geschehen lässt, weil du zu viel Angst hattest, etwas zu unternehmen?"

Millers Gesicht verzog sich und Cole dachte einen Moment lang, er würde ablehnen. Doch dann seufzte der Sheriff und verlor die Kampfeslust. „Gut. Aber wenn das schiefgeht, liegt es an Ihnen."

„Gut", sagte Cole und ging bereits zur Tür. „Lass uns gehen."

Sie fuhren in den strömenden Regen hinaus, eine kleine Gruppe von Polizisten folgte ihnen. Als sie zum Stadtrand fuhren, war die Spannung in der Luft spürbar. Coles Hände umklammerten das Lenkrad, sein Herz klopfte in seiner Brust. Sie waren einander so nah – näher als je zuvor – und die Last dieser Nähe drückte ihn wie ein Schraubstock nieder.

Die Straße, die zur Hale-Hütte führte, war holprig, kaum mehr als ein Feldweg, der sich durch den dichten Wald schlängelte. Der Regen hatte sie in eine Schlammwüste verwandelt, sodass sie nur langsam vorankamen. Als sie sich der Hütte näherten, konnte Cole zwischen den Bäumen die schwachen Umrisse eines Gebäudes erkennen. Das Land war überwuchert, wild, als wäre es jahrelang unberührt geblieben. Aber Cole wusste es besser. Es verbarg etwas Dunkles, etwas Uraltes.

Sie parkten die Autos ein Stück entfernt, da sie niemanden im Inneren warnen wollten. Cole bedeutete den Beamten, sich zu verteilen. Ihre Taschenlampen durchdrangen das schwache Licht des Sturms. Mia blieb dicht bei ihm, als sie sich leise auf die Hütte zubewegten, alle Nerven in höchster Alarmbereitschaft.

Die Hütte war alt, die Holzwände verwittert und grau. Sie sah verlassen aus, aber Cole wusste, dass das nicht der Fall war. Vor kurzem war jemand hier gewesen. Die Luft fühlte sich aufgeladen an, als stünden sie am Rande von etwas Schrecklichem.

Coles Blick schweifte über die Gegend, sein Herz raste. Sie waren nah – so nah –, aber irgendetwas fühlte sich falsch an. Die Stille war zu schwer, zu unnatürlich. Er spürte es bis in die Knochen, das Gefühl, sie kämpften gegen die Zeit, und die Zeit lief ihm davon.

„Wir müssen schnell handeln", flüsterte Cole Mia zu. „Was auch immer hier passiert, es passiert bald."

Sie nickte. Ihr Gesicht war blass, aber entschlossen. „Lasst uns das beenden."

Cole holte tief Luft und ging voran zur Hütte. Er wusste, dass das, was vor ihm lag, alles verändern könnte – für ihn, für Mia und für Graymoor. Aber egal, was passierte, sie mussten es verhindern.

Denn wenn sie es nicht täten, würde das Ritual weitergehen. Und jemand anderes würde den Preis dafür zahlen.

Der Regen prasselte heftiger, als Cole und Mia sich der alten Hale-Hütte näherten. Das Geräusch des Regens, der gegen die Blätter und das Dach prasselte, verstärkte die Anspannung, die sich über sie gelegt hatte. Die Beamten bezogen rund um die Hütte Stellung, ihre Taschenlampen flackerten durch die regendurchweichte Dunkelheit.

Cole bedeutete Mia, in seiner Nähe zu bleiben, während sie zur Haustür gingen. Seine Hand ruhte auf dem Griff seiner Waffe, bereit für alles. Sein Herz klopfte in seiner Brust, nicht nur wegen des Adrenalins, sondern auch wegen der Last des Wissens, dass sie dabei waren, etwas entgegenzusetzen, das seit Generationen in Graymoor verborgen war.

Bevor sie loslegen konnten, rief Sheriff Miller Cole von hinten etwas zu. Seine Stimme war rau und im Regen kaum zu hören. „Warte, Cole. Wir müssen reden."

Cole drehte sich um, die Frustration war ihm deutlich ins Gesicht geschrieben. „Miller, das ist nicht der richtige Zeitpunkt. Wir müssen rein. Sofort."

Miller schüttelte den Kopf, sein Gesichtsausdruck war düster und widersprüchlich. Er trat näher und senkte die Stimme. „Es gibt etwas, das ich dir nicht erzählt habe."

Cole kniff die Augen zusammen, warf Mia einen Blick zu und drehte sich dann wieder zu Miller um. „Was ist los?"

Der Sheriff holte tief Luft, seine Augen waren schwer vor Bedauern. „Ich weiß seit langem von der Verbindung der

Familie Hale zu den Wäldern. Länger, als ich zugeben möchte."

Coles Puls beschleunigte sich. „Wovon redest du?"

Miller blickte auf den schlammigen Boden, seine Schultern sackten herab, als hätte ihn die Last jahrelanger Geheimnisse endlich eingeholt. „Als ich gerade Sheriff geworden war, hörte ich Gerüchte – Geschichten von den älteren Leuten in der Stadt, die über die Hales und ihre Verbindung zu den alten Ritualen sprachen. Zuerst glaubte ich es nicht. Dachte, es sei bloß Aberglaube, wissen Sie? Aber je mehr ich nachforschte, desto mehr fand ich heraus."

„Warum hast du nichts unternommen?", fragte Cole mit vor Wut angespannter Stimme. „Seit Jahren verschwinden immer wieder Leute. Du wusstest es und hast geschwiegen?"

Miller hob den Kopf, seine Augen waren voller Scham. „So einfach ist das nicht, Cole. Du verstehst nicht, wie es in Graymoor zugeht – wie tief die Angst in dieser Stadt sitzt. Die Hales sind nicht einfach nur eine Familie. Sie sind seit Anbeginn hier. Sie haben diesen Ort gebaut und in gewisser Weise kontrollieren sie ihn immer noch. Ich habe vor Jahren versucht, Lyle zur Rede zu stellen, aber die Stadt hat es mir nicht erlaubt. Der Bürgermeister, der Stadtrat – sie haben mir gesagt, ich solle es auf sich beruhen lassen. Sie sagten, es sei altes Geschäft, nichts, was uns mehr betreffe."

Cole ballte die Fäuste, Wut kochte durch ihn. „Also hast du es einfach geschehen lassen? Du hast Leute sterben lassen, weil die Stadt dir gesagt hat, du sollst wegschauen?"

Miller trat einen Schritt näher und senkte die Stimme. „Es war nicht nur die Stadt, Cole. Ich hatte Angst. Angst davor, was ich entdecken könnte. Und Angst davor, was passieren würde, wenn ich es nicht hinter mir ließe."

Cole starrte ihn an, Unglaube vermischte sich mit Wut. „Also hast du das jahrelang so weitergehen lassen. Du hast zugelassen, dass Lyle und seine Familie das weitermachen. Du hättest es verhindern können."

Millers Gesicht verzerrte sich vor Schuldgefühlen. „Ich dachte, es wäre vorbei. Nachdem Lana verschwunden war … dachte ich, was auch immer es war, was auch immer sie taten, es war vielleicht endlich vorbei. Aber als Emma getötet wurde, wusste ich, dass es wieder losging. Und ich wusste nicht, wie ich es stoppen sollte."

Cole blieb bei der Erwähnung von Lana der Atem im Halse stecken. „Du wusstest von Lana? Du wusstest, dass sie deswegen entführt wurde?"

Millers Augen waren voller Bedauern, als er nickte. „Ich hatte meine Vermutungen. Ich konnte nichts beweisen, aber ich wusste es. Der Zeitpunkt, die Art und Weise, wie es passierte – alles passte ins Muster. Ich wollte es einfach nicht glauben. Als ich begriff, was los war, war es zu spät."

Einen Moment lang schienen Regen und Wind nachzulassen und nur noch die schwere Stille zwischen ihnen zu hinterlassen. Cole fühlte sich, als sei ihm der Boden unter den Füßen weggezogen worden. Die ganze Zeit hatte er geglaubt, Lanas Verschwinden sei eine willkürliche, sinnlose Tat gewesen. Doch als er nun Millers Geständnis hörte, traf ihn die Wahrheit wie ein Schlag in die Magengrube.

„Sie haben sie mitgenommen", flüsterte Cole mit kaum hörbarer Stimme. „Sie haben sie als Teil ihres Rituals mitgenommen."

Miller nickte, sein Gesicht war blass. „Ich hätte damals etwas tun sollen. Aber ich habe es nicht getan und das werde ich mein Leben lang bereuen."

Coles Hände zitterten, die Wut in ihm kochte wie ein

Feuer, das er nicht kontrollieren konnte. Seine Schwester war ihm genommen worden – einem verdrehten Glaubenssystem geopfert, das seit Generationen in Graymoor schwelte – und Miller hatte es gewusst. Er hatte es gewusst und nichts unternommen.

„Wir stoppen das", sagte Cole mit kalter, harter Stimme. „Sofort."

Miller nickte, aber in seinen Augen lag Furcht. „Du weißt nicht, was auf dich zukommt, Cole. Es geht hier nicht nur um Lyle. Es gibt Leute in dieser Stadt, die noch immer an die alten Sitten glauben. Sie werden ihn beschützen und sie werden nicht zulassen, dass du ihn so leicht unterkriegst."

„Das ist mir egal", fauchte Cole und seine Stimme wurde immer lauter. „Wir gehen da rein und machen dem ein Ende."

Miller zögerte noch einen Moment und nickte dann langsam. „Ich unterstütze Sie. Aber Sie müssen bereit sein. Wir haben es hier nicht nur mit einem Mann zu tun – es geht um ein ganzes Glaubenssystem. Diese Leute werden kämpfen, um es zu schützen."

Cole wandte sich an Mia, die während des Gesprächs geschwiegen hatte. Ihr Gesicht war blass, aber entschlossen. „Bleib in meiner Nähe. Wir gehen hier nicht weg, bis das hier vorbei ist."

Mia nickte mit fester Stimme. „Ich bin bei dir."

Mit einem letzten Blick auf Miller bedeutete Cole den Beamten, hereinzukommen. Sie näherten sich der Hütte vorsichtig, die Spannung lag in der Luft. Jedes Geräusch, jede Bewegung schien durch den Regen und die Last dessen, was ihnen bevorstand, verstärkt zu werden.

Als sie die Haustür erreichten, gab Cole den Beamten ein Zeichen, sich aufzufächern. Er zog seine Waffe, sein Herz klopfte in seiner Brust, und nickte Miller zu. Gemeinsam traten sie die Tür ein, das Holz splitterte unter der Gewalt.

Im Inneren der Hütte war es dunkel, die Luft war schwer vom Geruch feuchten Holzes und von etwas anderem – etwas, das Cole die Nackenhaare zu Berge stehen ließ. Der Raum war leer, bis auf alte, staubbedeckte Möbel, aber Cole wusste es besser. Dieser Ort verbarg etwas.

Miller ging weiter, das Licht seiner Taschenlampe durchdrang die Dunkelheit. „Hier entlang", murmelte er und führte sie zu einer Hintertür, die nach draußen führte.

Als sie durch den Hintereingang traten, sah Cole ihn – einen Pfad, der tiefer in den Wald führte. Sein Puls beschleunigte sich. Das war es. Der Ort, an dem die Rituale stattfanden, wo die Opfer dargebracht wurden. Das Land, das jahrzehntelang unberührt geblieben war und seine dunklen Geheimnisse verbarg.

Sie folgten dem Pfad schweigend. Der Regen durchnässte sie, als sie tiefer in den Wald vordrangen. Die Bäume schlossen sich um sie herum, ihre verdrehten Äste bildeten ein Dach über ihnen, das den Himmel verdeckte. Die Luft fühlte sich dick und bedrückend an, als wäre der Wald selbst lebendig und würde sie beobachten.

Und dann sah Cole es durch die Bäume – eine Lichtung vor ihm, schwach erleuchtet von flackernden Fackeln. Sein Herz raste, als sie näher kamen, und das Geräusch des Regens wurde vom Pochen seines Pulses in seinen Ohren übertönt.

In der Mitte der Lichtung stand Lyle Hale, mit dem Rücken zu ihnen, seine Silhouette hob sich gegen die Flammen der Fackeln ab. Er bewegte sich nicht, nahm ihre Anwesenheit nicht wahr. Doch als sie die Lichtung betraten, wusste Cole eines mit erschreckender Gewissheit:

UNTER DER OBERFLÄCHE

Sie waren zu spät.

Auf der Lichtung herrschte Totenstille, bis auf das Knistern der Fackeln. Der Regen, der noch vor wenigen Augenblicken unaufhörlich geregnet hatte, schien nachzulassen, als hielte der Sturm selbst den Atem an. Coles Augen waren auf Lyle Hale gerichtet, der in der Mitte der Lichtung stand und ihnen den Rücken zuwandte. Seine große Gestalt war regungslos und beunruhigend ruhig, als wüsste er, dass sie da waren, aber nicht die Absicht zu fliehen.

Cole spürte, wie Mia neben ihm angespannt war, und selbst die Beamten, die sich entlang der Absperrung verteilt hatten, schienen wie erstarrt und unsicher, was sie als Nächstes tun sollten. Sheriff Miller trat vorsichtig vor, und seine Taschenlampe durchdrang das schwache Licht.

„Lyle!", rief Miller mit rauer Stimme. „Es ist vorbei! Was auch immer du tust, es endet jetzt."

Einen Moment lang geschah nichts. Lyle bewegte sich nicht, drehte sich nicht zu ihnen um. Dann hob er langsam den Kopf und seine Stimme, leise, aber voller etwas Uraltem und Beunruhigendem, schnitt durch die Lichtung.

„Es hört nie auf", sagte Lyle mit beunruhigend ruhiger Stimme. „Das geht schon seit Jahrhunderten so. Man kann es nicht stoppen. Man kann nicht ändern, was in den Boden dieser Stadt geschrieben steht."

Coles Herz klopfte, als er vortrat, die Waffe immer noch auf Lyles Rücken gerichtet. „Geh weg von der Mitte, Lyle", befahl Cole mit angespannter Stimme. „Das ist deine letzte Chance."

Lyles Schultern zitterten bei einem leisen, schaurigen Lachen. Langsam drehte er sich zu ihnen um. Seine Augen, dunkel und hohl, schienen mit einer seltsamen Intensität zu flackern, als wäre er nicht ganz da, als hätte etwas anderes die Kontrolle übernommen. In seinen Händen hielt er ein Buch, dessen Seiten alt und verwittert waren, und in dessen Einband dasselbe Symbol der Bäume eingraviert war.

„Es geht hier nicht um mich", sagte Lyle und hielt das Buch wie einen Talisman hoch. „Es geht hier um Graymoor. Es geht hier ums Überleben."

Coles Magen drehte sich um. „Du bringst Leute um, Lyle. Du denkst, du rettest die Stadt, aber du setzt nur einen Teufelskreis des Mordens fort."

„Das verstehst du nicht", antwortete Lyle, seine Stimme wurde eindringlicher, seine Augen glühten vor Inbrunst. „Die alten Bräuche, die Rituale – sie schützen uns. Die Stadt überlebt dank der Opfer. Ohne sie wird Graymoor sterben."

Miller trat vor, seine Waffe immer noch auf Lyle gerichtet. „Wovon redest du, Lyle? Wovor versuchst du uns zu beschützen?"

Lyles Blick wanderte zu Miller, ein trauriges Lächeln bildete sich auf seinen Lippen. „Aus dem Wald, Sheriff. Aus der Dunkelheit, die in ihm lebt. Die Siedler wussten es, und ich weiß es auch. Der Wald ist hungrig. Das war er schon immer. Wenn wir ihn nicht füttern, wird er sich nehmen, was er will."

Cole spürte, wie sich Lyles Worte wie eine Bleidecke auf seine Brust legten. Alles, was sie herausgefunden hatten – die Tagebücher, die Symbole, die Rituale –, führte hierher zurück. Lyle war nicht einfach nur ein verrückter Killer. Er war ein Gläubiger, der ein Ritual durchführte, von dem er glaubte, dass es Graymoor vor etwas viel Schlimmerem bewahren würde.

„Genug!", rief Cole und trat einen Schritt näher. „Hier geht es nicht um den Wald. Hier geht es um Kontrolle, um Angst. Sie und Ihre Familie haben diese Stadt seit Generationen ausgenutzt und unschuldige Leben geopfert, weil Sie glauben, dass Sie dadurch an der Macht bleiben."

Lyles Augen blitzten vor Wut. „Glaubst du, du kannst es aufhalten? Glaubst du, du kannst den alten Bräuchen trotzen? Der Wald wird bekommen, was ihm zusteht, ob es dir gefällt oder nicht."

Als Reaktion auf seine Worte frischte der Wind auf und wirbelte um die Lichtung. Die Fackeln flackerten und warfen lange, wechselnde Schatten auf den Boden. Cole blieb der Atem im Hals stecken, als die Luft schwer und fast erstickend wurde. Es fühlte sich an, als würde der Wald selbst sie beobachten und warten.

In der Mitte der Lichtung öffnete Lyle das Buch und blätterte ehrfürchtig durch die Seiten. „Das Ritual muss vollendet werden", sagte er leise. „Das ist der einzige Weg."

Cole trat mit erhobener Waffe einen weiteren Schritt vor. „Leg das Buch weg, Lyle."

Aber Lyle hörte nicht zu. Stattdessen begann er etwas aufzusagen – Worte in einer Sprache, die Cole nicht verstand, alt und kehlig. Der Klang jagte ihm einen Schauer über den Rücken, als wäre etwas Uraltes und Ursprüngliches erwacht.

„Haltet ihn auf!", rief Mia und trat mit gezogener Waffe näher.

Doch bevor Cole sich bewegen konnte, wurde Lyles Stimme immer lauter, die Worte strömten immer schneller und wilder aus ihm heraus. Der Wind peitschte um sie herum und der Boden unter ihren Füßen schien zu beben.

Dann durchdrang in der Ferne ein Schrei die Luft.

Coles Herz machte einen Satz. „Mia, geh und sieh nach!", befahl er, seine Augen immer noch auf Lyle gerichtet. Mia nickte und rannte in Richtung des Geräuschs, verschwand zwischen den Bäumen, dicht gefolgt von einem der Beamten.

„Lyle, hör auf!", schrie Cole erneut, seine Stimme klang

verzweifelt. Aber Lyle hörte nicht auf. Sein Blick war jetzt wild, die Worte sprudelten wie wild aus ihm heraus. Die Fackeln flackerten erneut, und die Schatten um sie herum schienen sich auszudehnen, länger und dunkler zu werden, als ob sich etwas in ihnen bewegte.

Plötzlich versagte Lyle die Stimme, und er fiel auf die Knie. Das Buch fiel ihm aus den Händen. Der Wind ließ nach, die Fackeln brannten ruhiger, und für einen Moment herrschte Stille. Lyle kniete da, sein Körper zitterte, sein Gesicht war verzerrt, eine Mischung aus Angst und Ekstase.

„Es ist vollbracht", flüsterte er mit kaum hörbarer Stimme. „Der Wald wurde ernährt."

Cole stürzte nach vorne, stieß das Buch beiseite und packte Lyle am Kragen. „Wo ist sie? Was hast du getan?"

Aber Lyle lächelte nur, ein krankes, zufriedenes Lächeln. „Du kannst es jetzt nicht mehr stoppen. Das Ritual ist abgeschlossen."

Bevor Cole reagieren konnte, zerriss ein weiterer Schrei die Nacht – diesmal näher, erfüllt von purer Angst. Es war Mia.

Coles Herz raste, als er Lyle losließ und in die Richtung rannte, in die Mia gegangen war. Die Bäume schienen sich beim Laufen um ihn herum zu verschließen, das Unterholz war dicht und verworren und verlangsamte ihn. Es begann wieder zu regnen, ein stetiger Nieselregen, der seine Kleidung durchweichte, aber Cole bemerkte es kaum. Er konzentrierte sich auf eines: zu Mia zu gelangen.

Er brach zwischen den Bäumen hindurch auf eine kleine Lichtung, sein Atem kam in abgehackten Stößen. Mia war dort, wie erstarrt in der Mitte, die Taschenlampe zitterte in ihrer Hand. Ihre Augen waren vor Entsetzen weit aufgerissen, ihr Gesicht war blass, als sie auf etwas jenseits des Randes der

Lichtung starrte.

Cole folgte ihrem Blick – und ihm gefror das Blut in den Adern.

Dort, halb verborgen im Schatten, stand ein Steinaltar, bedeckt mit Moos und Ranken. Und auf dem Altar lag, leblos und bleich, der Körper einer jungen Frau.

Es war nicht Emma. Es war nicht Anna.

Es war Lana.

Coles Knie gaben nach, die Wucht des Anblicks traf ihn wie ein Schlag in die Magengrube. Er taumelte nach vorne, seine Hände zitterten, als er sie berühren wollte, um zu bestätigen, was seine Augen ihm bereits sagten. Die kalte, leblose Haut unter seinen Fingern ließ sein Herz brechen.

„Nein", flüsterte er mit brüchiger Stimme. „Nein, nein, nein."

Mia stand neben ihm, ihre Hand lag auf seiner Schulter, ihre Stimme zitterte. „Cole … es tut mir so leid."

Aber Cole hörte sie kaum. Seine Welt war in sich zusammengebrochen, die Jahre der Suche, die Jahre der Schuld, alles war auf einmal über ihn hereingebrochen. Er war zu spät gekommen. Die ganze Zeit, und er war zu spät gekommen.

Und jetzt hatte die Dunkelheit sie eingeholt.

Und es war noch nicht fertig.

Cole kniete neben Lanas Körper, die Last seiner Trauer erdrückte ihn. Die Zeit war stehen geblieben, und alles, was er sehen konnte, war seine Schwester – blass, reglos, wieder einmal von ihm geraubt. Er hatte sie enttäuscht. Selbst nach all diesen Jahren, nach seiner Rückkehr nach Graymoor, nach jeder Sackgasse und jedem Hinweis hatte er versagt.

„Cole", Mias Stimme durchbrach den Nebel seines Verstandes, sanft, aber eindringlich. „Wir müssen los. Wir müssen hier raus."

Er schüttelte den Kopf und konnte seinen Blick nicht von Lana abwenden. „Ich kann nicht ... ich kann sie nicht hier zurücklassen."

Mia hockte sich neben ihn, ihre Hand ruhte auf seiner Schulter. „Wir bringen sie nach Hause. Aber jetzt müssen wir hier raus, bevor Lyle oder wer auch immer mit ihm zusammenarbeitet, hinter uns her ist."

Cole zwang sich, tief durchzuatmen. Seine Brust schmerzte unter der Last all dessen, was er verloren hatte. Die Trauer war roh, aber darunter regte sich noch etwas anderes – Wut. Die Hales hatten ihm alles genommen. Sie hatten ihm seine Schwester, seinen Frieden und seine Zukunft geraubt. Und jetzt versuchten sie, ihm noch mehr zu nehmen.

Er stand auf und wischte sich den Regen aus dem Gesicht. Sein Blick wurde hart vor Entschlossenheit. „Du hast recht. Wir sind noch nicht fertig."

Mia nickte ihm zu, doch bevor sie sich bewegen konnten, hallte eine tiefe Stimme durch die Bäume, kalt und höhnisch.

„Du bist zu spät, Cole."

Coles Herz klopfte, als er sich umdrehte und Lyle am Rand der Lichtung stehen sah. Sein Gesicht war zu einem grausamen Lächeln verzogen. Hinter ihm traten zwei Gestalten aus den Schatten – weitere von Lyles Anhängern, deren Gesichter von dunklen Kapuzen verborgen waren. Sie trugen Fackeln, und das Licht des Feuers warf unheimliche Schatten auf ihre Gesichter.

Lyle trat einen Schritt vor, seine Augen glänzten vor boshafter Genugtuung. „Das Ritual ist abgeschlossen. Der Wald wurde gefüttert. Und jetzt gibt es nichts mehr, was Sie tun können, um es zu stoppen."

Cole ballte die Fäuste, seine Wut kochte über. „Du hast sie

getötet", knurrte er und trat mit gezogener Waffe auf Lyle zu. „Du hast meine Schwester getötet. Wofür? Wegen irgendeines perversen Glaubens, dass diese Stadt Menschen opfern muss, um zu überleben?"

Lyles Lächeln verschwand nicht. „Du denkst immer noch zu klein, Cole. Es geht hier nicht ums Überleben. Es geht um Macht. Der Wald gibt uns Macht im Austausch für die Opfer. Macht über diese Stadt, über das Land. Die Hales haben Graymoor seit Generationen regiert, weil wir die alten Bräuche ehren."

„Du bist verrückt", fauchte Mia und trat neben Cole, ihre Waffe auf Lyle gerichtet. „Du bist nichts weiter als ein Mörder, der sich hinter einer alten Geschichte versteckt."

Lyles Lächeln verschwand, sein Gesichtsausdruck verfinsterte sich. „Ich bin ein Beschützer. Ich beschütze diese Stadt vor der Dunkelheit, die im Wald lauert. Die Siedler wussten es. Meine Familie weiß es. Und jetzt wissen Sie es auch. Sie sollten dankbar sein."

Coles Wut flammte auf und er trat einen weiteren Schritt vor. „Ich höre Ihnen nicht mehr zu. Ich lasse nicht mehr zu, dass Sie und Ihre Familie für Ihre eigene verdrehte Version von ‚Schutz' Leben zerstören."

Ohne Vorwarnung stürzte sich einer von Lyles Gefolgsleuten auf Cole. Im Licht der Fackel blitzte Metall auf. Instinktiv feuerte Cole seine Waffe ab, der Schuss hallte durch die Lichtung. Der Mann fiel zu Boden, sein Messer fiel klappernd neben ihm zu Boden.

Mia richtete ihre Waffe auf die zweite Gestalt, die einen Sekundenbruchteil zögerte, bevor sie auf sie losging. Sie feuerte, und der Schuss traf ihn am Bein. Er stolperte, bewegte sich aber weiter, prallte gegen Mia und warf sie zu Boden.

Cole drehte sich gerade noch rechtzeitig um, um den Kampf zu sehen, und sein Herz schlug ihm bis zum Hals, als er auf sie zurannte.

Mia versuchte, den Mann von sich zu stoßen, ihre Hände klammerten sich an die Gestalt mit der Kapuze. Cole hob seine Waffe und feuerte erneut, traf den Angreifer an der Schulter. Er brach mit einem Grunzen zusammen, sodass Mia schwer atmend auf die Füße kam.

„Geht es dir gut?", fragte Cole, seine Stimme klang rau vor Besorgnis.

Mia nickte, ihr Gesicht war blass, aber entschlossen. „Mir geht es gut. Aber wir müssen das hier zu Ende bringen."

Sie drehten sich zu Lyle um, der still stand und sie mit kalten, berechnenden Augen beobachtete. „Du glaubst, du kannst mich töten?", höhnte Lyle, seine Stimme voller Verachtung. „Du kannst den Körper töten, aber die Kraft des Waldes wird niemals sterben. Die Stadt wird uns immer brauchen. Daran kannst du nichts ändern."

Cole richtete seine Waffe auf Lyle, die Mündung ruhig. „Ich bin nicht hier, um die Vergangenheit zu ändern. Ich bin hier, um dich zu vernichten."

In Lyles Augen flackerte etwas Dunkles und er griff nach etwas unter seinem Mantel. Bevor Cole reagieren konnte, zog Lyle ein Messer, dessen Klinge im Feuerschein glänzte. Er stürzte sich mit überraschender Geschwindigkeit auf Cole, sein Gesicht war vor Wut verzerrt.

Doch Cole war schneller. Er feuerte einmal, und der Schuss traf Lyle mitten in die Brust.

Lyle taumelte zurück, sein Messer glitt ihm aus der Hand, während er sich an die Brust griff. Seine Augen weiteten sich vor Schreck, als er stolperte und seine Knie unter ihm nachgaben. Er fiel zu Boden, Blut sammelte sich unter ihm, während er nach Luft schnappte.

Einen Moment lang herrschte völlige Stille.

Cole stand über Lyle, seine Brust hob und senkte sich, als das Adrenalin durch seinen Körper schoss. Lyles Augen flatterten, sein Körper zitterte, als er versuchte zu sprechen.

„Du… verstehst… nicht", keuchte Lyle, während ihm das Blut über die Lippen lief. „Es ist… nicht vorbei."

Cole starrte ihn mit kalter Stimme an. „Es ist für dich."

Mit einem letzten, zitternden Atemzug brach Lyle zusammen und sein Körper erstarrte.

Auf der Lichtung war es jetzt unheimlich still, der Regen prasselte sanft auf die Bäume. Cole stand da, die Waffe noch immer in der Hand, und sein Herz raste, während er verarbeitete, was gerade geschehen war. Lyle Hale, der Mann, der Graymoor terrorisiert und Lana und so viele andere geraubt hatte, war endlich tot.

Doch selbst im Tod verfolgten ihn Lyles Worte. *Es ist nicht vorbei.*

Mia trat mit sanfter Stimme neben ihn. „Es ist geschafft, Cole. Du hast ihn aufgehalten."

Cole nickte, obwohl ihn immer noch ein Unbehagen quälte. Er hatte Lyle aufgehalten, ja. Aber die Dunkelheit, die seit Jahrhunderten in Graymoor lebte – der Glaube an die alten Bräuche, die Rituale – war nichts, was man mit einer Kugel töten konnte.

„Lass uns hier verschwinden", murmelte Cole, seine Stimme klang schwer vor Erschöpfung.

Sie wandten sich von der Lichtung ab, und der Schein des Feuers verblasste hinter ihnen, als sie durch die Bäume zurückgingen. In Coles Kopf tobten die Gefühle – Erleichterung, Wut,

Trauer. Lana war fort, aber er hatte sie gerächt. Er hatte der Schreckensherrschaft der Familie Hale ein Ende gesetzt.

Aber tief in seinem Inneren wusste er, dass Lyle in einem Punkt recht hatte.

Es war nicht vorbei.

Als sie den Wald hinter sich ließen, flüsterte der Wind durch die Bäume und trug die Echos einer Dunkelheit mit sich, die seit Generationen in Graymoor lebte.

Und obwohl Lyle Hale tot war, wartete die Dunkelheit noch immer.

Aufpassen.

Hungrig.

Die Folgen

In den Tagen nach Lyle Hales Tod schien Graymoor den Atem anzuhalten. Der Regen hatte endlich aufgehört und die Stadt war durchnässt und still, als würde sie auf etwas warten – etwas, das Cole nicht benennen konnte. Das Ritual war vorbei, Lyle war tot, und doch blieb das Gefühl der Unruhe bestehen.

Cole stand vor der Polizeistation und beobachtete, wie die grauen Wolken über den Himmel zogen. Die Enthüllung von Lyles Verbrechen hatte die Stadt bis ins Mark erschüttert, aber Graymoor hatte die Angewohnheit, seine dunkle Vergangenheit zu begraben und so zu tun, als sei nichts geschehen. Und jetzt, als die Leute über die Familie Hale und die seltsamen Ereignisse im Wald flüsterten, schlich sich die alte Tendenz der Graymoorer, wegzuschauen, wieder ein.

Mia gesellte sich zu ihm nach draußen, ihr Gesichtsausdruck war ernst. „Es ist seltsam, nicht wahr?", sagte sie leise. „Alles, was passiert ist, und trotzdem versucht die Stadt, weiterzumachen, als ob sich nichts geändert hätte."

Cole nickte mit angespanntem Kiefer. „So läuft das hier. Sie vergraben Dinge. Schon immer. Solange das Problem außer Sichtweite ist, tun die Leute so, als wäre es vorbei."

Mia runzelte die Stirn und verschränkte die Arme. „Aber es

ist noch nicht vorbei. Das wissen wir beide. Die Stadt kann nicht weiter so tun, als wäre alles in Ordnung. Die Hales waren nicht die einzigen, die an den Ritualen beteiligt waren. Es gibt noch andere – Leute, die an das glaubten, was sie taten."

„Ich weiß", sagte Cole mit leiser Stimme. „Aber solange wir nicht beweisen können, wer sonst noch beteiligt war, werden sie im Verborgenen bleiben. Die Stadt wird wieder dazu übergehen, die Wahrheit zu ignorieren."

Mia starrte auf die Straße, wo ein paar Stadtbewohner vorbeigingen, ihre Gesichter grimmig, aber vorsichtig, als wollten sie nicht wahrhaben, was geschehen war. „Ich verstehe es nicht. Wie können die Leute nur so tun, als ob es so wäre? Wie können sie zulassen, dass so etwas immer wieder passiert?"

Cole antwortete nicht sofort. Er hatte sich diese Frage schon seit Jahren gestellt. Graymoor war nicht einfach nur eine Kleinstadt – tief in ihren Grundfesten verborgene Geheimnisse, und diese Geheimnisse hatten eine Art, sich zu schützen. Die Leute hatten zwar Angst, aber mehr noch, sie waren es gewohnt, im Schatten von etwas zu leben, das sie nicht ganz verstanden.

„Angst bringt Menschen dazu, seltsame Dinge zu tun", sagte Cole schließlich. „Es ist einfacher, wegzuschauen, als der Wahrheit ins Auge zu blicken, besonders wenn diese Wahrheit so hässlich ist."

Mia nickte, obwohl die Frustration in ihrem Gesicht nicht verblasste. „Aber es ist nicht nur Angst, Cole. Es ist Mittäterschaft. Einige der mächtigsten Familien dieser Stadt waren daran beteiligt. Sie wussten, was die Hales taten, und sie ließen es geschehen, weil es ihnen nützte. Jetzt werden sie es wieder begraben und weitermachen, so wie sie es immer tun."

Coles Kiefer verkrampfte sich. Mia hatte recht. Selbst wenn Lyle tot war, waren die Kräfte, die die Rituale weitergeführt

DIE FOLGEN

hatten, immer noch da. Die Familien, die die Hales unterstützt hatten – diejenigen, die an die alten Bräuche glaubten –, waren immer noch hier und zogen im Hintergrund immer noch die Fäden. Und wenn sie nicht kontrolliert wurden, konnte der Teufelskreis erneut beginnen.

„Wir können ihnen das nicht durchgehen lassen", sagte Mia mit harter Stimme. „Wir müssen weitermachen, Cole. Es gibt noch mehr aufzudecken."

Cole drehte sich zu ihr um, seine Augen waren ernst. „Ich weiß. Aber wir müssen klug vorgehen. Die Leute, die in diese Sache verwickelt sind, werden nicht einfach nachgeben, nur weil wir Lyle besiegt haben. Sie werden kämpfen, um ihr Erbe, ihre Macht zu schützen."

Mia begegnete seinem Blick, Entschlossenheit brannte in ihren Augen. „Dann wehren wir uns."

Cole nickte langsam, obwohl die Last der vor ihm liegenden Aufgabe schwer auf seinen Schultern lastete. Der Kampf war noch nicht vorbei. Graymoor hatte tiefe Wurzeln in seiner dunklen Geschichte und es würde nicht einfach werden, diese herauszureißen. Aber sie konnten jetzt nicht aufhören. Zu viele Menschen waren gestorben, zu viele Leben waren zerstört worden.

„Zuerst müssen wir herausfinden, wer sonst noch beteiligt war", sagte Cole. „Die Hales waren nicht die einzige Familie, die mit den Ritualen in Verbindung stand. Es gibt ein Netzwerk, und wir müssen es Stück für Stück aufbrechen."

Mia atmete scharf aus, ihre Entschlossenheit war klar. „Wir werden sie finden. Und dieses Mal werden wir dafür sorgen, dass sie die Wahrheit nicht begraben können."

Als sie in der kühlen Morgenluft standen und die Stadt um sie herum sich weiter bewegte, als wäre nichts geschehen, spürte Cole die vertraute Anziehungskraft der Schatten von Graymoor. Die Stadt war jetzt zerbrechlich, ihre Ruhe eine Illusion. Und unter dieser Ruhe lauerte immer noch die Dunkelheit und wartete auf ihren Moment.

Doch dieses Mal würde Cole es nicht wieder aufsteigen lassen. Dieses Mal würden er und Mia bereit sein.

Was auch immer Graymoor zu verbergen versuchte, sie würden es aufdecken. Auf die eine oder andere Weise.

Am nächsten Tag erhielt Cole einen Anruf von Bürgermeister Simmons. Die Bitte war einfach: Kommen Sie sofort in sein Büro. Cole konnte an seinem Tonfall erkennen, dass der Bürgermeister nicht erfreut war. Damit hatte er gerechnet. Nach Lyle Hales Tod würde der Bürgermeister alles daran setzen, die Berichterstattung zu kontrollieren und den Ruf der Stadt zu schützen. Aber Cole war nicht in der Stimmung für Höflichkeiten oder Politik.

Das Büro des Bürgermeisters befand sich im Herzen von Graymoor, einem stattlichen alten Gebäude, das in einer Stadt voller Geheimnisse fehl am Platz wirkte. Als Cole das Büro betrat, saß Bürgermeister Simmons bereits hinter seinem großen Eichenschreibtisch, seine Finger waren gefaltet, sein Gesichtsausdruck kalt. Sein Assistent schloss die Tür hinter Cole und ließ sie allein in dem ruhigen Raum zurück.

„Detective Cole", sagte der Bürgermeister und bedeutete ihm, sich zu setzen. „Wir müssen reden."

Cole blieb stehen. „Ich vermute, es geht um Lyle Hale."

Simmons runzelte die Stirn, offensichtlich irritiert von Coles Direktheit. „Sie haben einen der angesehensten Männer in Graymoor getötet, Cole. Die Stadt ist in Aufruhr. Die Leute verlangen Antworten."

„Lyle wurde nicht respektiert", sagte Cole mit harter Stimme.

DIE FOLGEN

„Er war ein Mörder. Er und seine Familie stecken seit Jahrzehnten hinter den Verschwundenen. Das wissen Sie genauso gut wie ich."

Simmons starrte ihn an und biss die Zähne zusammen. „Lyle Hale ist tot, ja. Aber so wie Sie vorgegangen sind – Sie sind in ein Privatgrundstück gestürmt und haben ihn kaltblütig erschossen – so läuft das in Graymoor nicht."

Cole ballte die Hände zu Fäusten. „Ich habe getan, was getan werden musste. Lyle war gerade dabei, ein weiteres Ritual zu vollenden – ein weiteres Opfer. Wir haben ihn aufgehalten, bevor noch mehr Menschenleben verloren gingen."

Der Bürgermeister stand auf, und sein Gesichtsausdruck verfinsterte sich, als er um den Schreibtisch herumging und nur wenige Meter von Cole entfernt stehen blieb. „Wissen Sie, was für ein Chaos Sie angerichtet haben? Wissen Sie, wie viele Fragen wir vom Staat und von den Medien bekommen? Die Menschen in Graymoor sind verängstigt, und Sie haben alles nur noch schlimmer gemacht."

Coles Blut kochte, aber seine Stimme blieb ruhig. „Ich habe alles schlimmer gemacht? Du bist derjenige, der jahrelang weggeschaut hat. Du hast zugelassen, dass Lyle und seine Familie das weitermachen, und jetzt willst du mir die Schuld dafür geben, dass ich es endlich gestoppt habe?"

Simmons Augen blitzten vor Wut. „Du verstehst nicht, wie die Dinge hier funktionieren, Cole. Diese Stadt hat Generationen überlebt, weil wir den Frieden bewahren. Wir gehen die Dinge ruhig an. Was du getan hast, hast dieses Gleichgewicht zerstört."

„Das Gleichgewicht?", gab Cole ungläubig zurück. „Sie meinen, Sie haben die Hales beschützt und unschuldige Menschen sterben lassen. Das ist kein Gleichgewicht, Simmons –

das ist Korruption."

Das Gesicht des Bürgermeisters verhärtete sich, und seine Stimme wurde gefährlich leiser. „Du steckst völlig über deinem Horizont, Cole. Die Hales waren nicht nur irgendeine Familie – sie waren Teil von etwas Größerem. Diese Stadt ist auf diesen alten Traditionen aufgebaut, ob es dir gefällt oder nicht. Du denkst, du hättest gewonnen, indem du Lyle besiegt hast, aber du hast gerade in ein Wespennest gestochen."

Cole trat näher, seine Stimme klang kalt. „Dann ist es vielleicht an der Zeit, dass jemand das ganze Nest niederbrennt."

Simmons kniff die Augen zusammen. „Du hältst dich für einen Helden, oder? Du glaubst, du kannst nach all den Jahren hierher zurückkommen und alles niederreißen, was wir aufgebaut haben?"

Cole zuckte nicht zusammen. „Was Sie aufgebaut haben, ist eine Lüge. Und ich werde es entlarven."

Der Bürgermeister starrte ihn einen langen Moment an, die Spannung zwischen ihnen war so groß, dass man mit einem Messer hätte schneiden können. Schließlich atmete Simmons langsam aus, und seine Wut wich etwas Kälterem, Berechnenderem.

„Du verstehst nicht, womit du es zu tun hast, Cole", sagte er ruhig. „Die Hales waren nur ein Teil der Geschichte. Es gibt andere Familien, andere Leute in dieser Stadt, die alles tun würden, um das Erbe zu schützen. Diesen Kampf kannst du nicht gewinnen."

Coles Blick traf den des Bürgermeisters, eine gefährliche Entschlossenheit in seinem Blick. „Ich habe zu viel verloren, um jetzt wegzugehen."

Simmons beugte sich vor, seine Stimme war kaum mehr als ein Flüstern. „Dann werden Sie noch viel mehr verlieren. Seien

DIE FOLGEN

Sie vorsichtig, Detective. Graymoor ist nicht der richtige Ort für Helden."

Cole hielt dem Blick des Bürgermeisters noch einen Moment stand, bevor er sich umdrehte und aus dem Büro ging. Die Tür schloss sich mit einem lauten Knall hinter ihm. Sein Herz raste, seine Wut konnte er kaum zurückhalten. Simmons warnte ihn nicht nur – er bedrohte ihn. In einem Punkt hatte der Bürgermeister recht: Es gab in Graymoor noch immer Leute, die alles tun würden, um ihre Geheimnisse zu verbergen. Aber Cole gab nicht nach. Nicht jetzt. Nicht nach all dem.

Als er in die kühle Luft hinaustrat, dachte er bereits über seinen nächsten Schritt nach. Die Worte des Bürgermeisters hatten nur bestätigt, was er bereits vermutet hatte – Lyle war nicht der einzige, der an den Ritualen beteiligt war. Es gab noch andere, und sie waren immer noch da draußen, versteckten sich vor aller Augen. Er und Mia hatten einen Teil der Wahrheit aufgedeckt, aber da war noch mehr. Die Wurzeln der Dunkelheit von Graymoor reichten tief, und es würde mehr brauchen, als einen Mann zur Strecke zu bringen, um sie aufzuhalten.

Aber er hatte keine Angst. Er war sein ganzes Leben lang vor Graymoor geflohen, vor der Schuld, Lana verloren zu haben, vor den Schatten, die ihn verfolgten. Jetzt war er bereit zu kämpfen.

Als er die Stufen des Rathauses hinunterging, summte sein Handy in seiner Tasche. Er holte es heraus und sah eine Nachricht von Mia: „ **Habe etwas gefunden. Wir treffen uns im Diner.**"

Coles Puls beschleunigte sich. Was auch immer Mia gefunden hatte, es war wichtig. Sie waren noch nicht fertig. Weit gefehlt.

Er steckte sein Telefon wieder in die Tasche und ging zu seinem Auto. Die Warnung des Bürgermeisters lastete noch immer schwer auf ihm. Graymoor bereitete sich auf einen Gegenangriff vor, um seine Geheimnisse zu schützen, aber Cole gab nicht nach. Diesmal nicht.

Die Stadt war vielleicht noch nicht bereit für die Wahrheit, aber Cole würde sie ans Licht bringen, koste es, was es wolle.

Als Cole ankam, war das Lokal fast leer. Der Regen hatte wieder zugenommen und die Straßen in rutschige, dunkle Flüsse verwandelt, die das schwache Licht der Straßenlaternen reflektierten. Drinnen mischte sich das leise Summen der Deckenventilatoren mit dem Klappern des Geschirrs aus der Küche. Ein paar Nachtschwärmer saßen gebeugt über ihre Tassen Kaffee, aber Coles Aufmerksamkeit galt ganz der Sitznische an der Ecke, wo Mia wartete.

Sie sah auf, als er hereinkam, und ihr Gesichtsausdruck war eine Mischung aus Dringlichkeit und Erschöpfung. Sie hatte nicht geschlafen, so viel war klar, und er auch nicht. Aber sie waren sich jetzt nah, und keiner von ihnen war bereit aufzuhören.

Cole rutschte in die ihr gegenüberliegende Kabine, zog seine Jacke aus und schüttelte sich den Regen ab. „Was hast du gefunden?"

Mia blickte sich im Lokal um, bevor sie sich vorbeugte und ihre Stimme senkte. „Es geht um die Familie Hale. Aber nicht nur um sie – auch um andere Familien. Es gibt eine Verbindung, die tiefer geht, als wir dachten."

Coles Puls beschleunigte sich. „Weiter."

Mia öffnete ihr Notizbuch und breitete eine Reihe alter Zeitungsausschnitte, Dokumente und handschriftlicher Notizen auf dem Tisch aus. „Ich habe alte Stadtunterlagen durchgesehen, die Art von Zeug, das sich heute niemand mehr ansieht – Grundstücksurkunden, Erbschaftspapiere, Spenden an die Stadt im Laufe der Jahre. Und mir fiel ein Muster auf. Die Hales waren nicht die einzigen, die mit den Ritualen in Verbindung standen. Sie waren nur ein Teil einer größeren Gruppe."

Cole runzelte die Stirn und überflog die Papiere. „Sie meinen eine Gruppe von Familien? Wer?"

Mia nickte und fuhr mit dem Finger über die Namen auf einem der Dokumente. „Die Hales, natürlich. Aber auch die Thatchers, die Willoughbys und die Garrets. Alle diese Familien haben tiefe Wurzeln in Graymoor, genau wie die Hales. Und hier wird es interessant – jede dieser Familien besitzt große Landstücke, die an den Wald grenzen. Sie sind seit der Gründung der Stadt hier und waren an fast jeder wichtigen Entscheidung in der Geschichte von Graymoor beteiligt."

„Wie eine Geheimgesellschaft", murmelte Cole, während er im Geiste die Implikationen durchging.

„Genau", sagte Mia. „Diese Familien haben Graymoor seit Generationen geführt, ganz unter dem Radar. Sie kontrollieren das Land, sie kontrollieren das Geld und sie kontrollieren den Stadtrat. Aber das ist nicht alles. Ich habe tiefer gegraben und alte Sitzungsprotokolle gefunden – geschlossene Sitzungen zwischen den Oberhäuptern dieser Familien, die Jahrzehnte zurückreichen. Diese Sitzungen fanden immer in der Zeit bedeutender Ereignisse in der Stadt statt, wie etwa bei Erweiterungen oder Neubauprojekten."

„Oder Verschwindenlassen", sagte Cole mit kaltem Unterton in der Stimme.

Mia begegnete seinem Blick mit ernster Miene. „Ja. Jedes Mal, wenn jemand verschwand, trafen sich diese Familien. Es ist, als hätten sie es geplant, die Rituale aufrecht erhalten und sich dabei hinter ihrem Reichtum und ihrer Macht verborgen gehalten."

Cole spürte, wie sich ihm der Magen umdrehte. „Die Verschwinden waren also koordiniert. Es waren keine zufälligen Opfer. Diese Familien entschieden, wer entführt werden sollte."

Mia nickte. „So sieht es aus. Die Hales waren diejenigen, die die Rituale durchführten, aber sie waren nicht allein. Die anderen Familien unterstützten sie und sorgten dafür, dass alles ruhig blieb und dass die Stadt nie Fragen stellte."

Cole lehnte sich in seinem Sitz zurück. Mias Entdeckung traf ihn wie ein Schlag in die Magengrube. Er hatte gewusst, dass es in Graymoors Dunkelheit noch mehr gab, aber das hier – das war tiefer, heimtückischer, als er es sich vorgestellt hatte. Die ganze Stadt wurde von einer Gruppe mächtiger Familien kontrolliert, die alle zusammenarbeiteten, um die alten Bräuche am Leben zu erhalten und sich selbst auf Kosten unschuldiger Leben zu schützen.

„Diese Familien", sagte Cole mit leiser Stimme. „Sie sind immer noch in Graymoor. Sie sind immer noch hier, oder?"

Mia nickte. „Die meisten von ihnen, ja. Sie haben ihren Einfluss behalten, auch wenn er jetzt weniger offensichtlich ist. Sie besitzen Eigentum, Geschäfte und haben immer noch Einfluss auf den Stadtrat. Aber das ist das Problem – sie haben ihre Hände sauber gehalten. Sie haben die Hales für alles verantwortlich gemacht, sie haben die Last der eigentlichen Morde tragen lassen. Als Lyle starb, dachten sie, das Problem sei erledigt."

Coles Kiefer verkrampfte sich. „Aber das ist es nicht."

„Nein", stimmte Mia zu. „Das ist nicht der Fall. Diese

DIE FOLGEN

Familien beschützen immer noch etwas – etwas Größeres als nur die rituellen Opfer. Ich glaube, ihre Macht, ihre Kontrolle über die Stadt, kommt von dem, was diese Rituale schützen sollten. Sie glauben, es ist der Schlüssel zu ihrem Überleben, zu ihrem Vermächtnis."

Cole atmete scharf aus und fuhr sich mit der Hand durchs Haar. „Das geht tiefer, als ich dachte. Lyle war nur der Anfang. Wenn diese Familien darin verwickelt sind, wenn sie die Dinge hinter den Kulissen gesteuert haben, dann war es nicht genug, Lyle zu stürzen."

Mias Blick traf seinen, ihre Stimme war fest. „Wir müssen sie entlarven, Cole. Alle. Wenn wir das nicht tun, werden sie sich einfach weiter im Schatten verstecken und darauf warten, dass der nächste Zyklus wieder beginnt. Sie werden einen anderen Weg finden, ihr Erbe zu schützen."

Coles Gedanken rasten. Er war nach Graymoor gekommen, um die Morde zu stoppen und herauszufinden, was mit Lana und den anderen passiert war, aber jetzt stand er vor etwas, das viel größer war als ein einzelner Mörder. Die ganze Stadt war mitschuldig und wurde von einer Gruppe von Familien kontrolliert, die glaubten, sie würden etwas Altes und Mächtiges beschützen.

„Ich werde nicht zulassen, dass sie das weitermachen", sagte Cole und seine Stimme wurde vor Entschlossenheit härter. „Wir müssen alles ans Licht bringen. Die ganze Sache aufdecken."

Mia beugte sich näher zu mir und ließ ihre Stimme zu einem Flüstern sinken. „Ich habe noch etwas gefunden. Heute Abend findet ein Treffen statt – ein privates. Es findet zwischen den verbleibenden Oberhäuptern dieser Familien statt. Ich weiß nicht, was sie planen, aber es findet auf dem alten Thatcher-

Anwesen statt, draußen am Waldrand."

Coles Herz klopfte. „Glaubst du, sie wissen, dass wir ihnen auf der Spur sind?"

„Ich weiß nicht", sagte Mia und biss sich auf die Lippe. „Aber seit Lyles Tod haben sie geschwiegen, und das macht mir Sorgen. Was auch immer dieses Treffen bezweckt, es kann nichts Gutes bedeuten. Wenn sie etwas planen, um ihre Spuren zu verwischen, müssen wir es verhindern, bevor sie wieder verschwinden."

Cole nickte, während seine Gedanken rasten. „Wir gehen. Wir werden uns hineinschleichen, sehen, was sie planen, und alle Beweise sammeln, die wir finden können. Wenn wir sie auf frischer Tat ertappen, können wir die ganze Sache endlich zum Scheitern bringen."

Mia zögerte einen Moment, nickte dann aber, und ihre Entschlossenheit entsprach seiner. „Es ist gefährlich, Cole. Diese Leute werden sich nicht kampflos von uns entlarven lassen."

Coles Augen waren kalt, seine Stimme fest. „Ich weiß. Aber wir sind zu weit gekommen, um jetzt zurückzuweichen."

Als sie aufstanden, um zu gehen, wurde ihnen klar, was sie tun wollten. Die Familien, die Graymoor seit Generationen kontrollierten, würden nicht kampflos untergehen, und Cole wusste, dass alles, was heute Nacht passierte, alles verändern konnte. Sie gingen ins Herz der Dunkelheit der Stadt, aber zum ersten Mal waren sie bereit.

„Lass uns das beenden", sagte Mia leise, als sie in den Regen hinausgingen.

Cole nickte, sein Herz raste vor Adrenalin und Wut. Die Familien, die Graymoor erbaut hatten, hatten ihre Geheimnisse zu lange verborgen. Heute Abend würden sie alles ans Licht bringen.

Und dieses Mal gab es kein Zurück.

Als Cole und Mia das alte Thatcher-Anwesen erreichten, hatte der Regen zugenommen. Das weitläufige Anwesen stand am Waldrand, seine hohen gotischen Türme ragten in den stürmischen Himmel. Die Auffahrt war von Bäumen gesäumt, deren Äste im Wind schwankten, und schwaches Licht fiel durch die Fenster und warf unheimliche Schatten auf das Grundstück.

Sie hatten etwas weiter weg geparkt und nutzten den Schutz der Bäume, um sich dem Anwesen ungesehen zu nähern. Als sie sich dem Haus näherten, klopfte Coles Herz, eine Mischung aus Adrenalin und Furcht durchströmte ihn. Sie betraten die Höhle des Löwen, einen Ort, an dem sich die mächtigsten Familien von Graymoor seit Generationen versammelt hatten, um im Geheimen Entscheidungen zu treffen. Aber heute Abend würden Cole und Mia diejenigen sein, die diese Geheimnisse aufdecken würden.

„Bist du dir da sicher?", flüsterte Mia und hockte sich neben ihn hinter eine dichte Hecke. Ihr Gesicht war im Dämmerlicht blass, aber ihre Augen waren entschlossen.

Cole nickte und biss die Zähne zusammen. „Wir müssen wissen, was sie vorhaben. Wenn wir das jetzt nicht stoppen, werden sie einen Weg finden, die Rituale fortzusetzen – vielleicht nicht mit den Hales, sondern mit jemand anderem."

Mia atmete leise aus und blickte auf das Anwesen. „Wir dürfen nicht zulassen, dass sie uns sehen. Sie werden alles tun, um ihre Macht zu behalten. Wenn wir erwischt werden..."

„Das werden wir nicht", sagte Cole, obwohl er das Risiko kannte. Diese Familien hatten Graymoor jahrelang kontrolliert und würden nicht zögern, jeden zum Schweigen zu bringen, der ihr Erbe bedrohte.

Sie näherten sich dem Haus, blieben im Schatten, ihre Schritte wurden vom regennassen Boden gedämpft. Coles Gedanken rasten vor Ideen. Sie waren hierhergekommen, um Beweise zu sammeln und die Familien dabei zu erwischen, wie sie etwas planten. Aber er konnte das Gefühl nicht loswerden, dass das Haus, was auch immer sie dort vorfanden, dunkler und gefährlicher sein würde, als er erwartet hatte.

Der Seiteneingang des Anwesens war unverschlossen, genau wie Mia es sich erhofft hatte. Sie schlüpften hinein und schlossen die Tür leise hinter sich. Das Innere des Hauses war prachtvoll, mit hohen Decken und dunkler Holzvertäfelung, aber es machte sich ein Eindruck des Verfalls breit, als ob die Pracht seit Jahren verblasst wäre, genau wie die Familien, die darin lebten.

Sie schlichen durch die Gänge, das ferne Stimmengemurmel wies ihnen den Weg zum Treffen. Je weiter sie gingen, desto schneller wurde Coles Puls. In der Luft lag die Spannung von etwas Uraltem, etwas, das viel zu lange in Graymoor verborgen gewesen war.

Schließlich erreichten sie eine Tür am Ende eines langen Flurs. Die Stimmen waren jetzt deutlicher, leise und verschwörerisch. Cole presste sein Ohr an die Tür und lauschte.

„Sind Sie sicher, dass das funktioniert?", fragte eine Stimme tief und bestimmend. „Nach Lyles Tod müssen wir sicherstellen, dass die Stadt unter unserer Kontrolle bleibt. Das Letzte, was wir brauchen, ist, dass sich die Leute gegen uns wenden."

„Natürlich wird es funktionieren", antwortete eine andere Stimme, sanft und kalt. „Lyle war rücksichtslos, aber die Rituale selbst sind nicht das Problem. Die Stadt muss an sie

DIE FOLGEN

glauben, an ihre Notwendigkeit. Wenn sie das nicht tut, wird alles, was wir aufgebaut haben, zusammenbrechen."

Coles Brust zog sich zusammen. Das war es – der Beweis, den sie brauchten. Die Familien versuchten immer noch, die Stadt zu kontrollieren, und nutzten die Rituale immer noch als Mittel, um an der Macht zu bleiben. Und jetzt, da Lyle tot war, versuchten sie verzweifelt, ihre Macht über Graymoor zu verteidigen.

Mia beugte sich näher und runzelte die Stirn. „Sie versuchen, die Rituale zu retten", flüsterte sie. „Sie geben nicht auf."

Cole nickte grimmig, während seine Gedanken rasten. Sie mussten mehr herausfinden. Sie brauchten konkrete Beweise, um sie zu überführen und die ganze Operation aufzudecken. Langsam drehte er die Türklinke und öffnete sie einen Spaltbreit.

Drinnen war der Raum durch einen Kronleuchter schwach beleuchtet, und das Feuer des großen Steinkamins warf flackernde Schatten auf die Gesichter der Menschen, die um einen langen, dunklen Tisch saßen. Cole erkannte einige von ihnen sofort – die Oberhäupter der mächtigsten Familien von Graymoor. Henry Thatcher, groß und hager, saß mit strenger Miene am Kopfende des Tisches. Neben ihm saß Evelyn Garret, deren scharfe Gesichtszüge nur durch das schwache Licht gemildert wurden. Und da waren noch andere – Männer und Frauen, die Cole in der Stadt gesehen hatte, aber nie erkannt hatte, dass sie Teil von etwas so Unheilvollem waren.

„Nachdem Lyle weg ist, brauchen wir jemanden, der die Zügel übernimmt", sagte Thatcher mit Autorität in seiner Stimme. „Jemand, dem die Stadt vertraut, jemand, der den nächsten Zyklus leiten kann, ohne Verdacht zu erregen."

„Wen schlagen Sie vor?", fragte Evelyn Garret mit kühlem,

berechnendem Ton.

Thatcher lehnte sich in seinem Stuhl zurück, und ein Lächeln breitete sich langsam auf seinem Gesicht aus. „Wir werden jemanden von außerhalb holen. Jemanden, den niemand in Frage stellt. Aber wir werden ihn führen und kontrollieren. Die Stadt wird ihm folgen, so wie sie es immer getan hat."

Coles Magen drehte sich um. Sie hatten vor, eine Marionette zu holen, jemanden, der Lyles Platz einnahm und die Rituale fortführte, jemanden, der Graymoor weiterhin fest im Griff hatte. Er musste das verhindern – jetzt.

Doch bevor er reagieren konnte, knarrte die Tür hinter ihnen.

Er und Mia erstarrten beide und tauschten einen panischen Blick. Die Stimmen im Raum verstummten und Schritte hallten zur Tür.

„Wir haben Sie erwartet", rief Thatchers Stimme mit erschreckender Ruhe.

Cole hatte kaum Zeit zu reagieren, bevor die Tür aufgerissen wurde. Henry Thatcher stand da und blickte Cole mit seinen kalten blauen Augen an. Ein langsames, gefährliches Lächeln umspielte seine Lippen.

„Detective Cole", sagte Thatcher, und seine Stimme triefte vor falschem Charme. „Ich habe mich gefragt, wann Sie auftauchen würden. Ich nehme an, Sie sind gekommen, um von unserem kleinen Treffen zu hören?"

Mia war neben Cole angespannt, ihre Hand zuckte in Richtung ihrer Waffe. Cole hob eine Hand und signalisierte ihr, ruhig zu bleiben. Sie waren in der Unterzahl und hatten keine Ahnung, was auf sie zukam.

„Sie kontrollieren diese Stadt seit Jahren", sagte Cole mit harter Stimme. „Sie nutzen die Rituale, um die Menschen in Angst zu versetzen und sie unter Kontrolle zu halten."

DIE FOLGEN

Thatchers Lächeln blieb ungebrochen. „Wir haben Graymoor bewahrt, Detective. Alles, was wir tun, tun wir für das Überleben dieser Stadt. Ohne die Rituale, ohne die Opfer würde Graymoor auseinanderfallen."

„Sie glauben, Sie retten diesen Ort?", wollte Cole wissen. „Sie ermorden unschuldige Menschen."

Thatchers Gesichtsausdruck verfinsterte sich. „Opfer müssen gebracht werden. Das war schon immer so. Gerade Sie sollten das inzwischen verstanden haben."

„Nicht mehr", sagte Cole und trat vor. „Hier ist Schluss. Wir haben genug, um Sie und alle Beteiligten zu entlarven."

Einen Moment lang flackerte etwas Gefährliches in Thatchers Augen, doch dann trat er zur Seite und deutete auf die anderen im Raum. „Uns entlarven? Und was glauben Sie, wird passieren, Detective? Werden sich die Leute von Graymoor gegen uns wenden? Gegen ihre Beschützer?"

Coles Wut flammte auf. „Sie werden euch als das sehen, was ihr seid. Manipulatoren. Mörder. Und ich werde dafür sorgen."

Doch während er sprach, wurde ihm der Ernst der Lage bewusst. Sie standen mitten in der Villa, umgeben von den mächtigsten Leuten in Graymoor. Selbst wenn sie Beweise hätten, würden diese Familien nicht kampflos untergehen. Und Cole wusste, dass es nicht einfach werden würde, von dort wegzukommen.

Thatchers Lächeln kehrte zurück, aber es hatte jetzt etwas Grausames an sich. „Sie haben uns unterschätzt, Cole. Wir regieren diese Stadt seit Generationen und werden das auch weiterhin tun. Sie sind nichts weiter als ein vorübergehender Sturm. Wir sind Graymoor."

Coles Herz raste, als er langsam zurückwich und Mia bedeutete, ihm zu folgen. „Das werden wir ja sehen."

Als sie sich zum Gehen umdrehten, hallte Thatchers Stimme hinter ihnen her. „Sie können den Teufelskreis nicht aufhalten, Detective. Er hat bereits begonnen."

Bei diesen Worten lief Cole ein kalter Schauer über den Rücken. Das war noch lange nicht vorbei.

Und als sie das Herrenhaus hinter sich ließen, wusste er, dass der Kampf um die Rettung von Graymoor gerade erst begonnen hatte.

Cole und Mia hatten es kaum geschafft, das Haus zu verlassen, bevor die Gefahr spürbar wurde. Als sie in die kalte, regendurchtränkte Nacht hinaustraten, heulte der Wind durch die Bäume und peitschte die Äste wie Skelettfinger. In dem Moment, als sie die Schwelle überschritten, schlug die Tür hinter ihnen mit einem lauten, bedrohlichen Knall zu. Die Luft war voller Spannung, als ob der Wald selbst zusah und darauf wartete, was als Nächstes passieren würde.

„Wir müssen hier raus – jetzt", flüsterte Mia und atmete stoßweise aus.

Cole nickte, sein Herz klopfte wie wild. Er spürte, wie die Last der Nacht auf ihnen lastete. Thatchers Worte hallten noch in seinen Ohren wider: *„ Sie können diesen Teufelskreis nicht aufhalten, Detective. Er hat bereits begonnen."*

Sie rannten über das Anwesen, blieben geduckt und im Schatten. Der Regen hatte den Weg in eine rutschige Masse verwandelt, was ihre Flucht noch schwieriger machte. Coles Gedanken rasten, als er alles hörte, was sie mitbekommen hatten. Die Familien planten, Lyle zu ersetzen, jemand anderen einzusetzen, um das verdrehte Erbe der Opfer und der Kontrolle der Stadt fortzuführen. Wenn sie sie nicht bald aufhielten, würde sich alles wiederholen – noch mehr unschuldige Leben würden genommen werden, noch mehr Macht würde in den

Händen dieser Familien konzentriert sein, die Graymoor seit Generationen manipuliert hatten.

Das Geräusch von Schritten, die auf dem Kies hinter ihnen knirschten, ließ einen Adrenalinstoß durch Coles Adern schießen. Er blickte über die Schulter, sein Puls raste. In der Dunkelheit bewegten sich schattenhafte Gestalten und kamen näher.

„Sie kommen", zischte Mia mit angespannter Stimme.

„Weiter", drängte Cole, seine Stimme klang angespannt und dringlich. Er spürte das Gewicht seiner Pistole im Holster an seiner Seite, aber er wollte sie nicht benutzen, es sei denn, er hatte keine andere Wahl. Das Letzte, was sie brauchten, war eine Schießerei auf dem Anwesen – besonders nicht gegen Leute, die in Graymoor die ganze Macht innehatten.

Die Schritte wurden lauter und kamen näher. Cole konnte jetzt mehrere Gestalten erkennen, die aus den Schatten rund um das Anwesen hervortraten – Männer, die für die Familien arbeiteten und alles tun würden, um ihre Geheimnisse zu schützen. Der Regen prasselte stärker, und das Geräusch vermischte sich mit Coles schnellem Herzschlag.

„Da durch!" Mia deutete auf eine schmale Lücke in den Hecken am Rande des Anwesens. Sie führte zu dem dichten Wald, der das Thatcher-Anwesen umgab – ein Labyrinth aus Bäumen und Unterholz, das ihnen Deckung bot.

Sie rannten auf die Lücke zu und schafften es kaum hindurch, als der erste ihrer Verfolger die Stelle erreichte, an der sie kurz zuvor gewesen waren. Cole hörte Stimmen hinter ihnen rufen, aber er blieb nicht stehen. Der Wald schloss sich um sie herum, dicht und dunkel, die Bäume ragten wie stumme Wächter im Sturm auf.

„Wir sind nicht weit vom Auto entfernt", murmelte Cole

atemlos. „Geh einfach weiter."

Mia nickte, ihr Gesicht war blass, aber entschlossen. Sie kämpften sich durch das dichte Unterholz, ihre Kleider waren durchnässt und ihre Stiefel mit Schlamm verkrustet. Der Waldboden war tückisch, der Regen machte ihn rutschig und uneben. Jeder Schritt fühlte sich an wie ein Kampf gegen die Elemente – und gegen das wachsende Gefühl der Angst, das sie durch den Wald jagte.

Plötzlich hallte ein lautes Knallen durch die Bäume – ein Schuss.

Cole zuckte zusammen und duckte sich instinktiv, als der Schuss fiel. Er packte Mias Arm und zog sie mit sich hinter einen großen Baum. Die Rinde war rau an seinem Rücken, als er sich dagegen presste, sein Atem ging stoßweise.

„Sie schießen auf uns", keuchte Mia, ihre Stimme war voller Angst. „Was sollen wir tun?"

Coles Gedanken rasten, während er den dunklen Wald absuchte. Sie konnten nicht hier bleiben. Wenn sie feststeckten, hätten sie keine Chance. Aber blind durch die Bäume zu rennen, während jemand auf sie schoss, war auch keine Option.

Ein weiterer Schuss ertönte, diesmal näher, und Coles Entscheidung wurde für ihn getroffen. „Wir müssen weitermachen. Sie versuchen, uns aufzuscheuchen."

Er bedeutete Mia, sich geduckt zu halten, während sie durch die Bäume schlichen und sich so gut wie möglich im Schatten hielten. Der Regen wurde jetzt stärker, sodass es schwierig war, etwas klar zu sehen oder zu hören. Aber es war auch zu ihrem Vorteil – das Geräusch des Regens übertönte ihre Schritte und die dichten Bäume boten etwas Deckung.

Sie schlängelten sich durch den Wald und versuchten, so viel Abstand wie möglich zwischen sich und die Männer zu

DIE FOLGEN

bringen, die sie verfolgten. Doch Cole konnte sie noch immer hören. Ihre Stimmen waren schwach, aber entschlossen, und sie riefen einander zu, während sie den Wald absuchten.

„Wir sind nah dran", flüsterte Cole und deutete nach vorn. Durch die dichten Äste konnte er gerade noch die Umrisse der Straße erkennen, auf der sie geparkt hatten. Wenn sie das Auto erreichen konnten, hatten sie vielleicht eine Chance zu entkommen.

Doch als sie sich der Straße näherten, wurden die Schritte wieder lauter. Ihre Verfolger kamen näher, und zwar schnell.

Plötzlich tauchte eine Gestalt aus der Dunkelheit auf und versperrte ihnen den Weg. Einer der Männer, die sie verfolgt hatten, stand mit erhobener Waffe da, sein Gesicht war im Schatten der Bäume verborgen.

„Bewegen Sie sich nicht", knurrte der Mann mit kalter Stimme.

Coles Hand bewegte sich instinktiv zu seiner eigenen Waffe, doch bevor er reagieren konnte, tat Mia etwas, womit er nicht gerechnet hatte. Ohne Vorwarnung schnappte sie sich einen dicken Ast vom Boden und schwang ihn mit aller Kraft, womit sie den Mann überraschte. Der Ast traf ihn mitten in der Brust und brachte ihn aus dem Gleichgewicht. Er stolperte rückwärts, und seine Waffe fiel mit einem dumpfen Knall zu Boden.

„Lauf!", schrie Mia mit dringlicher Stimme.

Das ließ sich Cole nicht zweimal sagen. Er packte Mias Hand und gemeinsam rannten sie zur Straße. Das Geräusch des Mannes, der hinter ihnen versuchte, an sie heranzukommen, spornte sie an. Ihre Beine brannten, als sie durch die letzten Bäume rannten.

Sie durchbrachen die Baumreihe und stürmten auf die Straße,

auf der ihr Auto geparkt war. Cole tastete in seiner Tasche nach den Schlüsseln, seine Hände zitterten vom Adrenalin. Er schloss das Auto auf und sie beide kletterten hinein, gerade als der erste ihrer Verfolger die Straße erreichte.

Cole startete den Motor und trat mit dem Fuß aufs Gaspedal. Die Reifen quietschten auf dem nassen Asphalt, als sie davonrasten. Die Männer waren in der Ferne zu sehen, ihre Gestalten verschwanden in der Nacht.

Einen langen Moment lang sprach keiner von beiden. Das einzige Geräusch war das Dröhnen des Motors und das stetige Prasseln des Regens gegen die Windschutzscheibe. Coles Hände umklammerten das Lenkrad fest, sein Herz raste noch immer von dem Beinaheunfall.

Mia stieß einen zitternden Atem aus und ließ sich in den Sitz zurücksinken. „Wir haben es geschafft."

Cole nickte, obwohl die Last dessen, was gerade geschehen war, noch immer schwer in der Luft hing. „Kaum."

Sie fuhren noch ein paar Minuten schweigend weiter, während der Regen weiter in Strömen herabprasselte und wie eine reinigende Welle über das Auto hinwegfegte. Doch Coles Gedanken wanderten bereits zu dem, was als Nächstes kommen würde. Sie waren entkommen – für den Moment –, doch Graymoors mächtigste Familien waren immer noch da draußen, schmiedeten immer noch Pläne und hielten an ihrem dunklen Erbe fest.

„Das ist noch nicht vorbei, oder?", fragte Mia leise und ihre Stimme klang erschöpft.

Cole schüttelte den Kopf. „Nein. Nicht einmal annähernd."

Sie hatten heute Abend genug erfahren, um zu wissen, dass die Familien nicht aufhören würden. Der Teufelskreis hatte bereits begonnen, und wenn sie keinen Weg fanden, alles aufzudecken und jedes Stück des Netzwerks zu zerstören, das Graymoor seit Generationen kontrollierte, würde alles wieder passieren.

Aber Cole würde das nicht zulassen. Er war nach Graymoor zurückgekehrt, um Antworten zu finden, und jetzt war er entschlossener denn je, seine Aufgabe zu erfüllen.

„Keine Flucht mehr", sagte er mit fester Stimme. „Wir werden sie aufhalten."

Mia nickte, ihre Augen waren dunkel, aber entschlossen. „Zusammen."

Coles Griff um das Lenkrad wurde fester, als sie in die Nacht hinausfuhren, aus den Schatten des Waldes.

Gemeinsam würden sie die Dunkelheit ans Licht bringen. Egal, was es kostete.

Die Abrechnung

Am Morgen nach ihrer knappen Flucht aus dem Thatcher-Anwesen saßen Cole und Mia in dem kleinen Motelzimmer, in dem sie Zuflucht gesucht hatten, und die Last ihrer Entdeckung lastete schwer auf ihnen. Das schwache Licht fiel durch die dünnen Vorhänge und warf lange Schatten durch den Raum. Sie hatten nicht geschlafen, das Adrenalin von der Nacht zuvor floss noch immer durch ihre Adern. Aber jetzt brauchten sie einen Plan – einen richtigen.

Cole ging auf und ab, und alles, was sie erfahren hatten, raste in seinem Kopf. Die Familien, die Graymoor kontrollierten, die Rituale, die Entführungen – sie hatten die Teile des Puzzles, aber es aufzudecken, war eine ganz andere Sache. Diese Leute waren mächtig, tief in der Geschichte der Stadt verwurzelt und sie waren seit Generationen damit durchgekommen. Wenn sie die Sache nicht richtig handhabten, könnte ihnen alles durch die Lappen gehen.

Mia saß auf der Bettkante, ihr Laptop war aufgeklappt, und sie tippte wie wild. „Ich habe alle Unterlagen durchgesehen, die wir gesammelt haben – alte Sitzungsprotokolle, Grundstücksgeschäfte, sogar einige Entscheidungen des Stadtrats. Es ist alles hier, Cole. Sie haben jahrelang alles hinter den Kulissen geregelt."

DIE ABRECHNUNG

Cole blieb stehen und blickte auf ihren Bildschirm. „Das reicht für den Anfang, aber wir brauchen mehr. Wir brauchen Beweise, die sie direkt mit den Verschwundenen und den Ritualen in Verbindung bringen. Ohne diese Beweise steht unser Wort gegen ihres. Und glauben Sie mir, sie werden uns begraben, wenn wir keine Beweise haben."

Mia nickte, während ihre Finger immer noch über die Tastatur glitten. „Ich habe versucht, einige der alten Finanzunterlagen zu hacken. Wenn wir eine Geldspur finden, die sie mit den Operationen rund um den Wald verbindet, könnte das helfen. Aber es geht nur langsam voran."

Cole rieb sich den Nacken, Frustration nagte an ihm. „Wir haben nicht viel Zeit. Sie wissen, dass wir letzte Nacht dort waren. Sie planen wahrscheinlich schon ihren nächsten Schritt, und wenn sie beschließen, offene Fragen zu klären..."

Mia brauchte ihn nicht, um den Gedanken zu Ende zu führen. Sie wussten beide, wie gefährlich die Situation geworden war. Die Familien würden nicht zögern, jeden zu eliminieren, der ihr Erbe bedrohte, und im Moment standen Cole und Mia ganz oben auf dieser Liste.

„Wir können das nicht allein schaffen", sagte Mia und sah zu ihm auf. „Wir brauchen Verbündete. Leute aus der Stadt, die keine Verbindung zu den Familien haben – Leute, die zuhören und uns helfen können, die Sache ans Licht zu bringen."

Cole runzelte die Stirn, als er über die Idee nachdachte. „Wem können wir vertrauen? Die meisten Leute an der Macht sind mit diesen Familien verbunden. Der Bürgermeister steckt in ihrer Tasche und sogar ein Teil der Polizei könnte darin verwickelt sein."

Mias Gesicht erhellte sich bei einem Gedanken. „Was ist mit Sheriff Miller? Er bewegt sich auf einem schmalen Grat, aber tief in seinem Inneren kennt er die Wahrheit über das, was vor sich geht. Er hat zugegeben, dass er über die Hales Bescheid weiß, und ich glaube nicht, dass es ihm gefällt, von der Elite der Stadt kontrolliert zu werden."

Cole zögerte. Sheriff Miller war an der dunklen Geschichte von Graymoor beteiligt und hatte jahrelang weggeschaut, während die Familien hinter den Kulissen die Dinge regelten. Aber er schien auch von den jüngsten Ereignissen ernsthaft erschüttert. Miller hatte die Kontrolle über die Stadt verloren und Cole vermutete, dass er vielleicht nach einer Möglichkeit suchte, die Dinge wieder in Ordnung zu bringen – und sei es nur, um sich selbst zu retten.

„Es ist riskant", sagte Cole. „Aber wir haben keine große Wahl. Wenn wir Miller auf unsere Seite ziehen können, können wir die Sache vielleicht vorantreiben. Aber wir müssen vorsichtig sein. Wenn er sich gegen uns wendet …"

Mia nickte. „Es ist ein Glücksspiel, aber er ist unsere beste Chance. Wir brauchen jemanden von innen."

Cole holte tief Luft und spürte die Tragweite seiner Entscheidung. „Gut. Lass uns mit ihm zusammentreffen. Aber wir müssen dabei klug vorgehen."

Er nahm seine Jacke vom Stuhl und checkte sein Telefon. Es waren keine Nachrichten da, aber das bedeutete nicht, dass die Familien nicht bereits etwas unternehmen. Jede Sekunde, die sie warteten, gab ihren Feinden mehr Zeit, ihre Spuren zu verwischen und die Beweise zu verstecken, die sie entlarven könnten.

„Wir werden heute Nachmittag zu ihm gehen", sagte Cole mit fester Stimme. „Aber vorher müssen wir alles vorbereitet haben. Wir müssen die Beweise so präsentieren, dass wir Miller zum Handeln zwingen. Wenn wir ihm keinen Ausweg bieten, wird er keine andere Wahl haben, als uns zu unterstützen."

Mia packte schnell ihren Laptop zusammen und klappte ihn mit einem Knall zu. „Einverstanden. Ich werde weiter an diesen Finanzunterlagen arbeiten, aber wir müssen schnell sein. Wir dürfen nicht zulassen, dass sie uns davonlaufen."

Cole nickte, während er die Einzelheiten bereits im Kopf durchging. Sie spielten ein gefährliches Spiel, aber es war der einzige Weg nach vorn. Die Familien von Graymoor hatten die Stadt zu lange in ihrer Gewalt und jetzt war es an der Zeit, sie aus der Gewalt zu befreien.

Als sie das Motel verließen, wurde ihnen klar, was sie vorhatten. Cole spürte, wie der Druck mit jedem Schritt zunahm. Dies war der Moment, auf den alles hingearbeitet hatte – die Wahrheit über Graymoors dunkle Vergangenheit war in greifbare Nähe gerückt, aber auch das Risiko, alles zu verlieren.

Die Fahrt zum Büro des Sheriffs war angespannt, der Regen prasselte in Strömen herab, als würde die Stadt selbst um das weinen, was kommen würde. Cole hielt den Blick auf die Straße gerichtet und das Lenkrad fest umklammert. Seine Gedanken schwankten zwischen Vergangenheit und Gegenwart – Lana, die Verschwinden, die Familien, die Geheimnisse. Alles war miteinander verbunden, alles in einem Netz aus Macht und Manipulation verwoben.

Als sie vor dem Büro des Sheriffs ankamen, parkte Cole das Auto und saß einen Moment da, um seine Gedanken zu sammeln. „Wenn das schief geht ..."

Mia sah ihn mit festem Blick an. „Das wird es nicht. Wir sind schon zu weit gekommen, als dass es jetzt auseinanderfallen könnte."

Cole nickte, doch der Knoten in seinem Magen löste sich

nicht. Er stieg aus dem Auto, Mia folgte ihm dicht auf den Fersen. Der Regen hatte nicht nachgelassen, und der Himmel war schwer grau, was die Ungewissheit der Situation widerspiegelte.

Als sie sich dem Büro des Sheriffs näherten, öffnete sich die Tür und Sheriff Miller stand im Türrahmen, sein Gesicht war von Erschöpfung gezeichnet. Er sah nicht überrascht aus, sie zu sehen.

„Kommen Sie lieber rein", sagte er und trat zur Seite, um ihnen den Einlass zu ermöglichen.

Cole warf Mia einen Blick zu, bevor er Miller ins Büro folgte. Die Luft im Büro war voller Spannung und Cole spürte, wie die Last dessen, was gleich passieren würde, auf ihm lastete.

Sie setzten sich in das kleine Büro. Das Geräusch des Regens, der gegen die Fenster prasselte, erfüllte die Stille. Miller lehnte sich in seinem Stuhl zurück und sein Blick huschte zwischen Cole und Mia hin und her.

„Ich nehme an, Sie sind nicht nur zum Plaudern hergekommen", sagte Miller mit rauer Stimme.

Cole verschwendete keine Zeit. „Wir wissen, was vor sich geht. Die Familien – die Hales, die Thatchers, die Garrets – regieren diese Stadt seit Generationen. Sie stecken hinter den Verschwundenen, den Ritualen, allem. Und Sie wissen es."

Millers Gesicht verzog sich, aber er leugnete es nicht. „Worauf willst du hinaus, Cole?"

„Wir haben Beweise", sagte Mia mit scharfer Stimme. „Finanzunterlagen, Grundstücksgeschäfte, sogar Protokolle ihrer geheimen Treffen. Alles ist mit den Familien verknüpft und alles wurde unter Verschluss gehalten. Aber wir lassen es nicht länger unter Verschluss bleiben."

Miller beugte sich vor und verschränkte die Hände vor der

Brust. „Und was soll ich tun? Gegen die mächtigsten Leute in Graymoor antreten? Glaubst du, die Stadt wird dich dabei unterstützen?"

„Wir glauben, Sie haben es satt, ihre Marionette zu sein", sagte Cole mit ruhiger, aber fester Stimme. „Sie bewegen sich auf einem schmalen Grat, Miller, und wir bieten Ihnen einen Ausweg. Helfen Sie uns, sie zu entlarven, und Sie werden nicht mit ihnen untergehen, wenn alles zusammenbricht."

Einen Moment lang herrschte Stille im Raum, die Schwere von Coles Worten hing in der Luft. Miller starrte ihn mit undurchschaubarem Gesichtsausdruck an.

Schließlich seufzte er und lehnte sich in seinem Stuhl zurück. „Du hast Mumm, Cole, das muss ich dir lassen. Aber du spielst ein gefährliches Spiel. Wenn du Unrecht hast – wenn wir Unrecht haben – wird sich die ganze Stadt gegen uns wenden."

„Wir liegen nicht falsch", sagte Mia mit fester Stimme. „Das weißt du doch."

Millers Blick huschte zu Mia, dann zurück zu Cole. Langsam nickte er. „Na gut. Lasst uns sie erledigen."

Als die Worte seinen Mund verließen, spürte Cole eine Welle der Entschlossenheit. Der Kampf war noch nicht vorbei, aber zum ersten Mal hatten sie den Sheriff auf ihrer Seite. Und gemeinsam würden sie Graymoors dunkelste Geheimnisse ans Licht bringen.

In gewisser Weise.

Nachdem sie sich die Unterstützung von Sheriff Miller gesichert hatten, kehrten Cole und Mia in ihr Motelzimmer zurück, um sich auf das vorzubereiten, was als Nächstes passieren würde. Die Tragweite ihrer Entscheidung lastete schwer auf ihnen, aber sie wussten beide, dass es jetzt kein Zurück mehr gab. Die Enthüllung der Familien war ihre einzige Möglichkeit – und das musste schnell geschehen, bevor die Familien Vergeltung üben oder ihre Spuren verwischen konnten.

Mia saß an dem kleinen Tisch, ihr Laptop war aufgeklappt, und tippte wie wild. Sie hatte alle Beweise zusammengetragen, die sie bis dahin gesammelt hatten: Finanzunterlagen, Eigentumsurkunden, Sitzungsprotokolle und die Liste der Personen, die im Laufe der Jahre verschwunden waren. Die Verbindungen waren klar – die Familien hatten alles inszeniert, hinter den Kulissen die Fäden gezogen und Angst verbreitet, um die Stadt unter Kontrolle zu halten.

Cole ging am Fenster auf und ab und blickte auf die regennassen Straßen von Graymoor. In seinem Kopf rasten die möglichen Folgen dessen, was sie vorhatten. Selbst mit Millers Unterstützung war es, als würden sie in ein Wespennest stechen, wenn sie die mächtigsten Familien der Stadt verfolgten. Aber sie hatten keine Wahl. Wenn sie jetzt nicht handelten, würde sich der Teufelskreis fortsetzen – und noch mehr Menschenleben würden verloren gehen.

„Wie läufts?", fragte Cole und blieb neben Mia stehen.

Sie blickte nicht vom Bildschirm auf. „Ich bin fast fertig damit, alles zusammenzustellen. Ich formatiere es zu einem vollständigen Bericht, den wir den Medien, den örtlichen Behörden und jedem, der zuhören will, zur Verfügung stellen können. Aber wir müssen bei der Veröffentlichung klug vorgehen. Wir können es nicht einfach blindlings verschicken. Die Familien werden versuchen, es zu diskreditieren oder verschwinden zu lassen."

Cole nickte. „Wir müssen uns mit Miller abstimmen. Er kann dafür sorgen, dass die Sache in die richtigen Hände gelangt – an die Staatsbehörde, vielleicht sogar an das FBI. Aber wir müssen es gleichzeitig der Öffentlichkeit zugänglich machen, damit sie es nicht unter den Teppich kehren können, bevor die Wahrheit ans Licht kommt."

Mia hörte auf zu tippen und sah ihn mit ernster Miene an. „Und wenn das erst einmal raus ist, gibt es kein Zurück mehr. Diese Familien werden sich das nicht gefallen lassen. Sie werden sich wehren."

„Ich weiß", sagte Cole leise und biss die Zähne zusammen. „Aber wir sind schon zu weit gekommen, um jetzt aufzuhören. Wir tun das nicht nur für uns. Wir tun es für Lana. Für Emma. Für all die Menschen, die sie mitgenommen haben."

Mia nickte, ihre Augen dunkel vor Entschlossenheit. „Dann lass es uns zu Ende bringen."

Ein paar Stunden später war alles an seinem Platz. Mia hatte die Beweismittel zusammengetragen und sie in einem detaillierten Bericht zusammengefasst, der die Beteiligung der Familien an den Entführungen, den Ritualen und ihrer Kontrolle über Graymoor darlegte. Der Bericht war wasserdicht und durch Dokumente untermauert, die man nicht einfach ignorieren konnte. Cole hatte mit Miller gesprochen, der sich bereit erklärt hatte, den Bericht an die richtigen Ansprechpartner bei der Polizei weiterzuleiten. Aber der Sheriff hatte sie auch gewarnt, dass die Familien nicht kampflos untergehen würden.

„Es ist geschafft", sagte Mia und klappte ihren Laptop zu. Sie atmete langsam aus, als ob die Last der gesamten Untersuchung endlich auf ihr lastete. „Wir sind bereit."

Cole sah sie an, sein Herz war schwer, aber er war entschlossen. „Wir werden es gleich morgen früh freigeben. Bis dahin wird es für sie zu spät sein, es zu stoppen."

Mia nickte, aber in ihren Augen flackerte Sorge auf. „Wir

sollten heute Nacht vorsichtig sein. Sie wissen, dass wir uns nähern. Sie könnten uns holen."

Cole verstand ihre Angst. Die Familien hatten bereits bewiesen, dass sie alles tun würden, um ihre Geheimnisse zu schützen. Und jetzt, da sie wussten, dass Cole und Mia hinter der Untersuchung steckten, war nicht abzusehen, wie weit sie gehen würden, um sie aufzuhalten.

„Wir halten Wache", sagte Cole. „Wir bleiben bis zum Morgen wachsam."

Doch als die Nacht sich hinzog, wurde Cole das Gefühl nicht los, dass etwas passieren würde. Der Regen hatte sich zu einem sanften Nieselregen verlangsamt und auf den Straßen draußen war es unheimlich still. Zu still.

Plötzlich summte Mias Telefon auf dem Tisch und durchbrach die angespannte Stille. Sie nahm ab und runzelte die Stirn, als sie die Nachricht las. „Sie ist von Miller", sagte sie mit angespannter Stimme. „Er ist unterwegs. Er möchte, dass wir ihn am alten Steinbruch außerhalb der Stadt treffen."

Coles Instinkte waren sofort in höchster Alarmbereitschaft. „Der Steinbruch? Warum sollte er uns dort treffen wollen?"

Mias Blick traf seinen, Unsicherheit blitzte in ihm auf. „Ich weiß es nicht, aber er sagt, es ist dringend. Er sagt, es gibt etwas, das wir sehen müssen – etwas, das den Fall abschließen wird."

Cole runzelte die Stirn. Irgendetwas daran fühlte sich komisch an. Sie sollten Miller morgen am Revier treffen, sobald der Bericht fertig war. Warum die plötzliche Änderung?

„Wir müssen nicht gehen", sagte Mia, als sie sein Zögern spürte. „Es könnte eine Falle sein."

Cole wägte die Optionen ab, und sein Verstand raste. Wenn Miller es ernst meinte, könnte dies das letzte Puzzlestück sein, das sie brauchten, um die Familien ein für alle Mal zur Strecke

DIE ABRECHNUNG

zu bringen. Aber wenn es eine Falle war – wenn die Familien ihn erwischt hatten –, dann liefen sie geradewegs in Gefahr.

Er holte tief Luft. Sein Entschluss stand fest. „Wir gehen. Aber wir sind auf alles vorbereitet."

Mia nickte und packte rasch ihre Sachen. „Lasst uns gehen."

Sie verließen leise das Motel und verschwanden in der Nacht, als es wieder zu regnen begann. Die Fahrt zum Steinbruch war angespannt, die dunkle Straße schlängelte sich durch den Wald, gesäumt von hohen Bäumen auf beiden Seiten. Cole hielt seine Augen auf die Straße gerichtet, aber seine Gedanken rasten. Jeder Instinkt in seinem Körper schrie, dass dies eine schlechte Idee war, aber sie konnten es sich nicht leisten, ihre vielleicht letzte Chance zu verpassen, die Familien zu erledigen.

Als sie den Steinbruch erreichten, war der Ort so verlassen, wie Cole ihn in Erinnerung hatte. Die alten Maschinen rosteten und waren verlassen, die Klippen ragten über das dunkle Wasser darunter. Es war Jahre her, seit jemand den Ort benutzt hatte – jetzt war er nur noch eine vergessene Ecke der Vergangenheit von Graymoor.

Cole parkte den Wagen und suchte die Umgebung ab. Von Miller fehlte jede Spur.

„Wo ist er?", flüsterte Mia mit angespannter Stimme.

Cole kniff die Augen zusammen, als er aus dem Auto stieg. Seine Hand ruhte auf seiner Pistole im Holster. „Bleib in der Nähe. Irgendetwas stimmt nicht."

Sie bewegten sich vorsichtig in Richtung der Mitte des Steinbruchs, ihre Schritte hallten in der Stille wider. Der Wind peitschte durch die Felsen und trug das ferne Geräusch raschelnder Blätter mit sich. Aber ansonsten war es hier unheimlich still.

Und dann rief aus den Schatten eine Stimme.

„Suchen Sie etwas, Detective?"

Cole wirbelte herum, sein Herz klopfte, als Gestalten aus der Dunkelheit auftauchten. Drei Männer – schwarz gekleidet, ihre Gesichter verdeckt – traten vor, jeder von ihnen trug eine Waffe. Einer von ihnen lächelte kalt, seine Augen glänzten im Dämmerlicht.

„Sie haben doch nicht wirklich geglaubt, dass Sie damit durchkommen, oder?", sagte der Mann mit tiefer, bedrohlicher Stimme. „Die Familien wissen alles, Cole. Sie haben Sie beobachtet. Und jetzt ist es Zeit, dass das ein Ende hat."

Cole wurde ganz flau im Magen. Das war eine Falle.

Er griff nach seiner Waffe, doch bevor er sie herausziehen konnte, hob einer der Männer seine Waffe und zielte direkt auf ihn.

„Lass es fallen", knurrte der Mann. „Oder sie stirbt."

Cole erstarrte und sein Blick huschte zu Mia. Sie stand nur wenige Meter hinter ihm, ihr Gesicht war bleich vor Angst. Der zweite Mann hatte seine Waffe auf sie gerichtet, sein Finger schwebte über dem Abzug.

Einen Moment lang war alles still. Der Regen, der Wind, die Kälte – alles verschwand, während Cole da stand, seine Gedanken rasten, sein Herz raste.

Sie waren gefangen.

Aber er würde nicht kampflos untergehen.

Mit einer schnellen Bewegung zog Cole seine Waffe und feuerte. Der Schuss hallte durch den Steinbruch und Chaos brach aus. Die Männer suchten mit feuernden Waffen Deckung, während Cole und Mia auf die Felsen zurannten.

„Hier entlang!", rief Cole und packte Mias Arm, während sie sich hinter einen Trümmerhaufen duckten. Kugeln sausten an ihnen vorbei und prallten mit ohrenbetäubendem Krachen von den Steinen ab.

Mia hockte sich neben ihn und atmete stoßweise. „Wir müssen hier raus!"

Cole nickte, doch sein Geist war auf eines konzentriert – das Überleben. Die Familien hatten ihre Männer geschickt, um sie zu töten und zum Schweigen zu bringen, bevor sie die Wahrheit ans Licht bringen konnten. Aber Cole würde das nicht zulassen.

Nicht nach allem, was sie durchgemacht hatten.

Nicht nach Lana.

„Wir werden es schaffen", sagte Cole mit fester Stimme. „Wir müssen."

Während die Schüsse weitergingen, bereiteten Cole und Mia ihren nächsten Schritt vor.

Die endgültige Abrechnung war da.

Und Cole war bereit, zurückzuschlagen.

Das Gewehrfeuer knisterte durch den Steinbruch wie das ferne Grollen eines Donners. Coles Herz klopfte bis zum Hals, als er und Mia sich hinter die schroffen Felsen duckten, während die Kugeln von den Steinen um sie herum abprallten. Der Regen hatte zugenommen, strömte in Strömen herab, sodass man kaum mehr als ein paar Meter weit sehen konnte. Die Nacht war zu einem Schlachtfeld geworden, und sie waren zahlenmäßig und waffentechnisch unterlegen.

Cole presste seinen Rücken gegen den kalten Stein, während seine Gedanken rasten, während er die Schüsse zählte. Sie konnten nicht ewig hier bleiben. Die Männer, die die Familien geschickt hatten, kamen näher und es war nur eine Frage der Zeit, bis sie feststeckten und keinen Ausweg mehr hatten.

„Das können wir nicht durchhalten", keuchte Mia, ihre Stimme war wegen des Regens und der Schüsse kaum zu hören.

„Wenn wir uns nicht bewegen, werden sie uns in die Enge treiben."

Cole nickte und wischte sich den Regen aus dem Gesicht, während er die Umgebung absuchte. Der Steinbruch war ein Labyrinth aus hoch aufragenden Klippen und verlassenen Maschinen, das viele Verstecke bot – aber auch eine Flucht fast unmöglich machte. Er entdeckte ein altes Förderbandsystem, das zu einer der höheren Klippen hinaufführte. Wenn sie es dorthin schafften, konnten sie vielleicht die höhere Position erreichen und die Kontrolle über den Kampf übernehmen.

„Folgen Sie mir", flüsterte Cole und deutete auf das Förderband. „Wir müssen nach oben."

Mias Augen folgten seiner Geste und sie nickte, als sie den Plan verstand. Sie umklammerte ihre Waffe fest, ihre Knöchel waren weiß vom Griff.

„Auf drei", sagte Cole. „Eins... zwei... drei!"

Sie rannten hinter den Felsen hervor und bewegten sich so schnell sie konnten durch den regennassen Steinbruch. Die Männer, die sie verfolgten, schrien, als sie erneut das Feuer eröffneten, doch die Kugeln flogen in dem Chaos daneben. Cole und Mia erreichten das verrostete Förderband und begannen zu klettern. Ihre Füße rutschten auf dem nassen Metall aus, als sie sich hochzogen. Die alte Konstruktion ächzte unter ihrem Gewicht, aber sie hielt – gerade so.

Cole blickte gerade noch rechtzeitig zurück, um zu sehen, wie einer der Männer näher kam und seine Waffe direkt auf Mias Rücken zielte. Ohne nachzudenken hob Cole seine eigene Waffe und feuerte. Der Schuss traf den Mann mitten in die Brust. Er brach mit einem Grunzen zusammen und verschwand in den Schatten darunter.

„Weitermachen!", drängte Cole mit angespannter Stimme.

Sie erreichten das obere Ende des Förderbands und kletterten auf die Anhöhe, wo sie sich hinter ein altes Maschinenteil duckten. Von hier aus hatten sie einen klaren Blick auf den Steinbruch unter ihnen. Die beiden anderen Männer suchten noch immer nach ihnen, ihre Taschenlampen leuchteten durch den Regen, aber sie hatten nicht bemerkt, dass Cole und Mia auf höheres Gelände gegangen waren.

„Das ist unsere Chance", flüsterte Mia und atmete in kurzen Stößen. „Von hier aus können wir sie besiegen."

Cole nickte, doch in seinem Kopf schwirrten bereits die Möglichkeiten. Sie könnten diese beiden Männer ausschalten – aber was dann? Selbst wenn sie die Nacht überlebten, würden die Familien noch mehr schicken. Sie würden nicht aufhören, bis Cole und Mia zum Schweigen gebracht waren und jede Spur der Wahrheit mit ihnen begraben war.

„Wir nehmen sie raus und dann verschwinden wir", sagte Cole. „Wir wenden uns direkt an die Medien, an die Staatspolizei, an jeden, der zuhört. Kein Warten mehr. Wir geben heute Abend alles bekannt."

Mias Augen weiteten sich, aber sie widersprach nicht. „Okay. Lass uns das beenden."

Cole atmete langsam durch und zielte auf die Männer unter ihm. Sein Finger schwebte über dem Abzug und wartete auf den richtigen Moment. Die Männer kamen näher, ihre Taschenlampen durchschnitten die Dunkelheit, ihre Gewehre waren erhoben und bereit. Cole wusste, dass er nur noch Sekunden hatte, um den richtigen Schuss abzugeben.

Der erste Mann trat in Sicht, mit dem Rücken zu Cole. Ohne zu zögern drückte Cole ab. Der Mann fiel mit einem schrillen Schrei zu Boden, und seine Taschenlampe fiel scheppernd auf die Felsen.

Als der letzte Mann merkte, was geschehen war, drehte er sich um und feuerte wild auf ihre Position. Cole duckte sich gerade noch rechtzeitig, die Kugeln schlugen mit ohrenbetäubendem Krachen in das Metall neben ihm ein. Mia erwiderte das Feuer, ihre Schüsse zielten sorgfältig, aber der Mann bewegte sich schnell und huschte hinter die Deckung.

„Wir können ihn nicht entkommen lassen!", schrie Mia über den Lärm hinweg.

Cole spähte hinter der Maschine hervor und ließ seinen Blick über den Steinbruch unter ihm schweifen. Der Mann war hinter einem alten Bergbaufahrzeug in Deckung gegangen und hatte sein Gewehr auf sie gerichtet, aber er war festgenagelt. Es war nur eine Frage der Zeit, bis er etwas unternahm.

Coles Herz raste, als er ihren nächsten Schritt überlegte. Sie mussten es zu Ende bringen, bevor der Mann Verstärkung rief – bevor die Familien weitere ihrer Vollstrecker schickten, um sie zu jagen.

„Mia", sagte Cole mit tiefer, eindringlicher Stimme. „Gib mir Deckung. Ich gehe da runter."

„Was?" Mias Augen weiteten sich ungläubig. „Cole, nein – er wird dich töten, bevor du die Hälfte des Weges geschafft hast."

„Ich werde mich beeilen", beharrte Cole. „Lenke einfach seine Aufmerksamkeit auf dich."

Mias Kiefer spannte sich an, aber sie nickte, während ihr Blick wieder zu dem Mann unter ihr wanderte. „Okay. Aber ... sei vorsichtig."

Cole nickte ihr knapp zu, dann verließ er die Deckung und bewegte sich auf den Rand der Klippe zu. Er fand einen schmalen Pfad, der in den Steinbruch hinunterführte. Die Felsen waren vom Regen glitschig und tückisch. Während Mia ein paar Schüsse abfeuerte, um den Mann abzulenken, kletterte Cole so schnell und leise wie möglich hinunter. Sein Herz hämmerte bei jedem Schritt in seiner Brust.

Als er unten ankam, duckte er sich hinter einen großen Felsbrocken, nur wenige Meter von dem Versteck des Mannes entfernt. Cole konnte ihn schwer atmen hören, seine Stiefel knirschten auf dem Kies, als er sein Gewicht verlagerte. Der Mann hatte keine Ahnung, wie nahe Cole war.

Das war es.

Mit einer fließenden Bewegung erhob sich Cole hinter dem Felsbrocken und zielte mit seiner Waffe direkt auf den Kopf des Mannes. „Lass es fallen", befahl er mit harter Stimme.

Der Mann erstarrte, die Waffe noch immer erhoben, aber er senkte sie nicht. Sein Blick war wild und panisch, als er zwischen Cole und der Klippe hin- und herblickte, auf der Mia stand.

„Ich sagte, lass es fallen!", bellte Cole und trat einen Schritt näher.

Einen Moment lang schien es, als würde der Mann gehorchen, doch dann verhärtete sich sein Blick. Mit einer plötzlichen, verzweifelten Bewegung richtete er seine Waffe auf Cole.

Aber Cole war schneller.

Er feuerte einen einzigen Schuss ab, und der Mann sackte zu Boden, wobei ihm die Waffe entglitt. Der Regen prasselte herab und wusch das Blut weg, das sich um seinen Körper gebildet hatte.

Cole blieb einen Moment stehen, seine Brust hob und senkte sich, der Schuss klang noch in seinen Ohren. Es war vorbei. Die Männer, die geschickt worden waren, um sie zu töten, waren weg.

Doch als Cole zum dunklen Himmel aufblickte, wusste er,

dass dies erst der Anfang war.

Mia kletterte zu ihm herunter, ihr Gesicht war blass, aber entschlossen. „Was jetzt?", fragte sie mit leicht zitternder Stimme.

Cole steckte seine Waffe weg, sein Gesichtsausdruck war grimmig. „Jetzt machen wir Schluss. Wir nehmen die Beweise und gehen an die Öffentlichkeit. Wir entlarven die Familien als das, was sie sind."

„Und wenn sie uns wieder verfolgen?", fragte Mia mit unsicherer Stimme.

„Das werden sie", sagte Cole mit fester Stimme. „Aber das ist egal. Wenn die Wahrheit erst einmal ans Licht kommt, werden sie das verlieren, woran sie sich festklammern: die Macht."

Mia nickte, obwohl die Last dessen, was sie gleich tun würden, schwer zwischen ihnen lastete.

„Wir müssen schnell handeln", sagte Cole und ließ seinen Blick ein letztes Mal über den Steinbruch schweifen. „Bis zum Morgen wird jeder wissen, was in Graymoor passiert ist."

Als sie von den Leichen weggingen und in die regendurchtränkte Nacht hinausgingen, überkam Cole ein seltsames Gefühl der Endgültigkeit. Die Familien würden sich vielleicht wehren, aber die Wahrheit war eine Macht, die sie nicht kontrollieren konnten.

Zum ersten Mal seit Jahren verspürte Cole einen Funken Hoffnung.

Die Dunkelheit war immer noch da und lauerte in den Ecken von Graymoor, doch jetzt sollte sie zum ersten Mal ans Licht gezerrt werden.

Die Morgensonne war hinter einem dicken Schleier grauer Wolken verborgen, als Cole und Mia im Restaurant saßen, eine Kanne Kaffee zwischen ihnen, unberührt. Die Last dessen, was sie gleich tun würden, hing schwer in der Luft. Cole konnte die Anspannung in seinem Körper spüren, einen leisen Sturm aus Nerven, Wut und Entschlossenheit, der unter der Oberfläche brodelte. Das war es – der Moment, für den sie gekämpft hatten.

Ihm gegenüber starrte Mia auf ihren Laptop, ihre Finger schwebten über dem Trackpad. Auf dem Bildschirm war der Bericht, den sie tagelang zusammengestellt hatten: ein detaillierter Bericht über die Kontrolle der Familien über Graymoor, die Verschwindenlassen, die Rituale und die Macht, die sie seit Generationen innehatten. Er war wasserdicht, voller Beweise und bereit zur Veröffentlichung.

„Bist du bereit?", fragte Mia leise und blickte zu Cole auf.

Cole holte tief Luft und nickte. „Es ist Zeit."

Mia zögerte einen Moment und runzelte die Stirn. „Wenn ich erst einmal auf Senden drücke, gibt es kein Zurück mehr. Die Familien – sie werden wissen, dass wir es waren. Sie werden uns holen kommen."

Cole sah ihr mit fester Stimme in die Augen. „Lass sie. Wir verstecken uns nicht mehr. Diese Stadt hat es verdient, die Wahrheit zu erfahren."

Mia nickte leicht, und ihre Augen spiegelten dieselbe Entschlossenheit wider, die Cole empfand. Sie wandte sich wieder dem Laptop zu, ihr Finger schwebte über der Maus. Mit einem letzten Atemzug klickte sie auf die Schaltfläche und der Bericht wurde gesendet.

Innerhalb von Sekunden war die Wahrheit ans Licht gekommen. Die E-Mail war an alle wichtigen Nachrichtenagenturen des Staates gegangen, an die Polizei, an Aktivisten und an Gemeindevorsteher. Jetzt war es nicht mehr aufzuhalten. Graymoors dunkelste Geheimnisse kamen ans Licht, damit jeder sie sehen konnte.

Mia lehnte sich in ihrem Stuhl zurück und atmete langsam aus. „Es ist geschafft."

Cole nickte, aber die Anspannung in seiner Brust ließ nicht nach. Er wusste, dass die Familien das nicht einfach hinnehmen würden. Sie würden sich wehren, und zwar mit aller Kraft. Aber jetzt, da die Wahrheit ans Licht gekommen war, hatten sie das Einzige verloren, worauf sie sich so lange verlassen hatten: die Geheimhaltung.

„Sie werden versuchen, uns zu diskreditieren", sagte Cole mit leiser Stimme. „Sie werden versuchen, die Geschichte zu verdrehen und es so aussehen zu lassen, als wären wir diejenigen, die lügen. Aber die Beweise sind zu überzeugend. Die Medien werden sie nicht ignorieren können."

„Und Miller steht hinter uns", fügte Mia hinzu. „Wenn die Staatspolizei erst einmal eingeschaltet ist, können die Familien es nicht mehr vertuschen."

Cole lächelte sie schwach und grimmig an. „Sie werden es versuchen. Aber jetzt haben wir die Oberhand."

Sie saßen einen Moment schweigend da und ließen die Schwere des Augenblicks in sich aufsaugen. Die Stadt Graymoor, die so lange im Schatten gelebt hatte, sollte bald ins Licht gezwungen werden. Die Familien, die sie kontrolliert und unschuldige Leben geopfert hatten, um ihre Macht zu erhalten, würden endlich der Gerechtigkeit gegenüberstehen.

Plötzlich summte Coles Telefon auf dem Tisch und riss ihn aus seinen Gedanken. Er blickte auf den Bildschirm und sah eine SMS von Sheriff Miller:

„Es hat begonnen. Wir sehen uns bald."

Cole blickte zu Mia auf und biss die Zähne zusammen. „Es passiert."

DIE ABRECHNUNG

Mia runzelte die Stirn. „Was meinst du?"

„Die Folgen", sagte Cole, stand vom Tisch auf und griff nach seiner Jacke. „Miller sagt, es hat begonnen. Wir müssen zum Bahnhof."

Mia klappte schnell ihren Laptop zu und folgte ihm aus dem Lokal. Die Luft draußen war dick und feucht, die Wolken über ihnen wirbelten bedrohlich. Es fühlte sich an wie die Ruhe vor dem Sturm – nur dass der Sturm diesmal auf sie zukam.

Sie fuhren in angespanntem Schweigen, die Last der Ereignisse, die sich gerade abspielten, wurde mit jedem Kilometer, den sie zurücklegten, immer stärker. Als sie das Büro des Sheriffs erreichten, war der Parkplatz voll mit Zivilfahrzeugen, Fahrzeugen der Staatspolizei und Übertragungswagen. Draußen hatten sich Reporter versammelt, die Kameras im Anschlag, ihre Gesichter ernst und erwartungsvoll.

„Das ist größer, als wir dachten", murmelte Mia mit großen Augen, als sie das Auto parkten.

Cole nickte grimmig. „Gut. Je größer das wird, desto schwieriger wird es für die Familien, es zu begraben."

Sie stiegen aus dem Auto und bahnten sich ihren Weg durch die Menge der Reporter. Kameras blitzten und Mikrofone wurden ihnen ins Gesicht gedrückt, doch Cole hielt den Kopf gesenkt und ignorierte die Flut von Fragen.

Im Inneren der Wache war die Atmosphäre noch angespannter. Überall im Gebäude waren Polizisten der Staatspolizei verteilt, die leise miteinander sprachen und ihre Mienen ernst waren. Sheriff Miller stand weiter hinten, die Arme vor der Brust verschränkt, sein Gesicht grimmig, aber entschlossen. Als er Cole und Mia sah, winkte er sie herüber.

„Das war kein Scherz, Cole", sagte Miller mit leiser Stimme.

„Der Bericht schlug in den Medien ein wie eine Bombe. Die Staatspolizei ist voll dabei und die Familien sind in Aufruhr. Sie haben bereits ihre Anwälte eingeschaltet, aber das wird ihnen nicht helfen. Nicht dieses Mal."

Coles Kiefer verkrampfte sich. „Gut. Sie haben Schlimmeres verdient."

Miller nickte, doch sein Gesichtsausdruck blieb angespannt. „Da ist noch etwas. Wir haben Gespräche innerhalb der Familien gehört. Sie werden nicht kampflos untergehen. Ich habe Gerüchte gehört, dass sie bereits Leute auf Sie losgeschickt haben – Leute, die alles tun werden, um die Sache geheim zu halten."

Cole spürte, wie ihm ein kalter Schauer über den Rücken lief, aber er zwang sich, ruhig zu bleiben. „Lass sie kommen. Wir werden bereit sein."

Miller warf ihm einen strengen Blick zu. „Du musst vorsichtig sein, Cole. Diese Leute – sie sind gefährlich. Wenn sie die Wahrheit nicht aufhalten können, werden sie dich und Mia persönlich verfolgen."

„Ich weiß", sagte Cole leise. „Aber es ändert nichts. Wir haben das Richtige getan."

Miller seufzte und fuhr sich mit der Hand durchs Haar. „Das hoffe ich. Denn diese Stadt steht kurz vor dem Untergang."

Im Laufe des Nachmittags herrschte auf der Wache reges Treiben. Weitere Staatspolizisten trafen ein und Kriminalbeamte begannen, Schlüsselfiguren der Stadt zu befragen, darunter Mitglieder der Familien Thatcher, Garret und Willoughby. Das Netz aus Lügen, das sich so lange um Graymoor gespannt hatte, begann sich aufzulösen.

Doch Cole wurde das Gefühl nicht los, dass etwas passieren würde – etwas Schlimmeres.

DIE ABRECHNUNG

Er und Mia blieben auf der Wache und halfen den Ermittlern mit den Beweisen, die sie gesammelt hatten, doch mit jeder Stunde wurde die Spannung in der Luft immer größer. Am Abend verfinsterte sich der Himmel und der Sturm, der sich den ganzen Tag zusammengebraut hatte, brach endlich los. In der Ferne grollte Donner und es begann in Strömen zu regnen.

Plötzlich stürzte einer der Beamten mit blassem Gesicht in den Raum. „Sheriff, wir haben ein Problem. Auf dem alten Thatcher-Anwesen hat es eine Explosion gegeben."

Millers Augen weiteten sich. „Was? Eine Explosion?"

„Ja, Sir", sagte der Beamte mit zitternder Stimme. „Es sieht aus, als hätten sie den Ort angezündet. Es ist nichts mehr übrig."

Coles Blut gefror. „Sie vernichten die Beweise."

Miller fluchte leise und griff nach seinem Funkgerät. „Schicken Sie sofort Einheiten dorthin. Wir müssen das Gebiet sichern, bevor sie noch mehr in Brand stecken."

Doch Cole wusste, dass es nicht nur um die Beweise ging. Die Familien wollten damit ein Zeichen setzen. Sie sagten Cole, Mia und allen anderen an den Ermittlungen Beteiligten, dass sie nicht kampflos untergehen würden – und dass sie bereit wären, alles niederzubrennen, wenn es darum ginge, ihre Geheimnisse zu bewahren.

„Sie geraten in Panik", sagte Mia mit angespannter Stimme. „Sie wissen, dass sie die Kontrolle verlieren."

Cole nickte und ballte die Fäuste. „Wir können sie nicht gewinnen lassen. Wir müssen schneller vorgehen."

Als das Chaos draußen immer weiter zunahm, wussten Cole und Mia, dass sie einen wunden Punkt getroffen hatten. Die Familien waren verzweifelt, und verzweifelte Menschen waren gefährlich. Der Sturm, der sich seit Generationen in Graymoor zusammengebraut hatte, war endlich losgebrochen, und jetzt war ein Kampf ausgebrochen, um zu sehen, wer die Folgen überleben würde.

Aber Cole war bereit.

Die Wahrheit war ans Licht gekommen. Die Kontrolle der Familien über Graymoor schwand. Und egal, was sie versuchten, Cole war entschlossen, die Sache bis zum Ende durchzuziehen.

Kein Rennen mehr.

Kein Verstecken mehr.

Es war Zeit, den Kreis der Abrechnung zu schließen.

Draußen tobte der Sturm, während der Abend über Graymoor immer dunkler wurde. Blitze zerrissen den Himmel und warfen unheimliche Lichtblitze durch die Fenster der Sheriffstation. Drinnen hatte die Spannung einen Siedepunkt erreicht. Cole stand in der Nähe des Eingangs und ließ seinen Blick durch den Raum schweifen, während Beamte und Staatspolizisten fieberhaft daran arbeiteten, die Überreste der mächtigen Familien aufzuspüren, die Graymoor seit Generationen regiert hatten.

Die Nachricht von der Explosion auf dem Anwesen der Thatchers hatte die ganze Stadt erschüttert. Die Familien versuchten verzweifelt, ihre Spuren zu verwischen, Beweise zu vernichten und verzweifelte Versuche zu unternehmen, ihre letzten Machtfetzen zu bewahren. Doch Cole wusste, dass es zu spät war. Die Wahrheit war ans Licht gekommen, und egal, wie sehr sie versuchten, den Schaden zu begrenzen, es gab kein Halten mehr.

Mia saß in der Ecke am Telefon und koordinierte die Arbeit mit den örtlichen Medien, um sicherzustellen, dass die Geschichte im Rampenlicht blieb. Ihre Stimme war fest, aber Cole konnte die Erschöpfung in ihren Augen sehen. Sie waren seit Tagen voller Adrenalin, aber jetzt, als der Sturm draußen stärker wurde, fühlte es sich an, als stünde ihnen die letzte Schlacht bevor.

Sheriff Miller kam näher, sein Gesicht war von Besorgnis gezeichnet. „Wir haben ein Problem, Cole."

Coles Magen zog sich zusammen. „Was ist los?"

„Eine der Familien", sagte Miller mit leiser Stimme, „die Garrets. Sie haben ein Lagerhaus in der Nähe der Docks besetzt. Uns liegen Berichte vor, dass sie bewaffnet sind und Geiseln halten. Sie stellen Forderungen – sie sagen, wenn wir nicht zurückweichen, werden sie alle darin umbringen."

Coles Kiefer verkrampfte sich. Die Garrets waren eine der rücksichtslosesten Familien in Graymoor, und wenn man sie in die Enge trieb, wusste man nie, was sie tun würden. Die Familien verloren die Kontrolle und schlugen nun verzweifelt um sich.

„Wie viele Geiseln?", fragte Cole mit kalter Stimme.

Miller schüttelte den Kopf. „Wir wissen es nicht genau. Aber es ist schlimm. Sie benutzen die Geiseln als Druckmittel, um uns dazu zu bringen, die Ermittlungen einzustellen und die Wahrheit zu vertuschen."

Coles Blut kochte. „Wir können sie damit nicht davonkommen lassen."

„Ich weiß", sagte Miller mit grimmigem Blick. „Aber sie haben klar gemacht, dass sie die Geiseln töten werden, wenn wir nicht zurückweichen. Wir balancieren hier auf einem Drahtseil und uns bleibt nicht viel Zeit."

Cole wandte sich an Mia, die gerade aufgelegt hatte. Sie hatte das Gespräch mitgehört und ihr Gesicht war blass vor Sorge. „Wir müssen da runter", sagte sie mit fester Stimme trotz der Spannung in der Luft. „Wir können nicht zulassen, dass sie unschuldige Menschen als Schachfiguren benutzen."

„Einverstanden", sagte Cole. „Aber wir müssen dabei klug vorgehen. Wenn wir uns ins Getümmel stürzen, werden sie die Geiseln ohne zu zögern töten."

Miller nickte. „Ich stelle ein Team zusammen, um das Lagerhaus zu umstellen, aber wir brauchen jemanden drinnen – jemanden, der verhandeln, die Lage beruhigen und uns Zeit verschaffen kann."

„Ich gehe", sagte Cole sofort. Seine Stimme war fest und entschlossen. „Ich kenne die Garrets. Sie hören nicht auf jeden, aber auf mich hören sie. Ich gehe hinein und hole diese Leute raus."

Miller zögerte. „Sind Sie sich da sicher? Sie sind bereits ihr Ziel Nummer eins. Wenn sie wissen, dass Sie da drin sind …"

„Genau deshalb muss ich gehen", unterbrach Cole ihn. „Das ist eine persönliche Angelegenheit für sie. Sie wollen das mit mir klären. Wenn ich hineingehe, kann ich sie lange genug ablenken, damit Sie den Umkreis sichern und die Geiseln sicher herausbringen können."

Mia trat vor, ihr Gesichtsausdruck war angespannt. „Ich gehe mit dir."

Cole wollte protestieren, aber Mias Blick sagte ihm, dass es sinnlos war. Sie würde ihn nicht allein in das Lagerhaus gehen lassen, und ehrlich gesagt wollte er das nicht ohne sie tun.

„Gut", sagte Cole. „Aber wir müssen vorsichtig sein. Eine falsche Bewegung und alles ist vorbei."

Miller warf ihnen beiden einen strengen Blick zu. „Mir gefällt das nicht, aber Sie haben Recht – wir haben keine andere Wahl. Ich werde mein Team zum Vormarsch bereit machen, sobald Sie das Signal geben."

Cole nickte, seine Gedanken waren bereits auf die bevorstehende Aufgabe konzentriert. „Wir werden das schaffen."

Innerhalb weniger Minuten saßen sie im Auto auf dem Weg zu den Docks. Der Regen prasselte in Strömen herab, während der Sturm weiter tobte. Auf den Straßen herrschte eine unheimliche Stille, und die Stadt Graymoor hielt den Atem an, als die letzte Konfrontation näher rückte.

Als sie sich den Docks näherten, konnte Cole das Lagerhaus vor sich aufragen sehen, dessen dunkle Umrisse durch den Regen kaum zu erkennen waren. Die Polizei hatte eine Sperre eingerichtet, ihre Lichter blinkten in der Ferne, aber um das Lagerhaus selbst herum war es dunkel und still. Irgendwo drinnen warteten die Garrets – bewaffnet und gefährlich, und das Leben unschuldiger Menschen stand auf dem Spiel.

Cole parkte das Auto ein Stückchen weiter weg und er und Mia traten in den Sturm hinaus. Der kalte Regen durchnässte sie augenblicklich, aber keiner von ihnen schien es zu bemerken. Ihre Gedanken waren konzentriert, scharfsinnig und bereit für das, was gleich passieren würde.

„Bist du bereit?", fragte Cole und warf Mia einen Blick zu.

Sie nickte, ihr Gesicht war entschlossen. „Lasst uns das beenden."

Sie näherten sich dem Lagerhaus vorsichtig, ihre Bewegungen waren langsam und bedächtig. Coles Herz klopfte in seiner Brust, aber sein Verstand war klar. Er hatte schon früher mit schlimmeren Widrigkeiten zu kämpfen gehabt, aber dieses Mal fühlte es sich anders an. Diesmal lastete die Last der gesamten Geschichte von Graymoor auf ihm, und das Leben der Geiseln lag in seinen Händen.

Als sie den Seiteneingang erreichten, hielt Cole inne, seine Hand lag auf der Türklinke. Er holte tief Luft und warf dann einen Blick auf Mia. „Bleibt in der Nähe. Egal, was passiert, wir halten zusammen."

Mia nickte leicht und sah ihm in die Augen. „Verstanden."

Cole öffnete langsam die Tür und sie schlüpften hinein. Im Lagerhaus war es dunkel und muffig, in der Luft hing der Geruch von Öl und feuchtem Holz. Irgendwo in der Ferne konnte er gedämpfte Stimmen hören – die Garrets und ihre Geiseln.

Sie bewegten sich leise durch das Labyrinth aus Kisten und Maschinen, ihre Schritte waren kaum zu hören, weil der Regen auf das Dach prasselte. Als sie sich der Mitte des Lagerhauses näherten, konnte Cole die Silhouetten mehrerer Gestalten erkennen. Die Garrets standen in einem lockeren Kreis und richteten ihre Waffen auf eine Gruppe von Geiseln, die zusammengekauert auf dem Boden lagen.

Cole tauschte einen Blick mit Mia, dann trat er vor und hob die Hände in einer Geste der Kapitulation. „Ich bin hier, um zu reden", rief er, und seine Stimme hallte durch das Lagerhaus.

Die Garrets drehten sich um und kniffen die Augen zusammen, als sie ihn entdeckten. Der Mann, der das Sagen hatte – Jared Garret, der Patriarch der Familie – trat mit erhobener Waffe vor.

„Du hast Nerven, hier aufzutauchen, Cole", knurrte Jared mit tiefer, gefährlicher Stimme. „Das ist alles deine Schuld. Wenn du einfach den Mund gehalten hättest, wäre das alles nicht passiert."

Cole blieb standhaft und hob die Hände. „Es ist vorbei, Jared. Die Wahrheit ist ans Licht gekommen. Du kannst es jetzt nicht mehr aufhalten."

Jareds Gesicht verzerrte sich vor Wut. „Du glaubst, du hast gewonnen? Du glaubst, es ändert etwas, wenn wir enttarnt werden? Wir haben diese Stadt gebaut. Wir kontrollieren sie.

Und wenn ich sie niederbrennen muss, um sie zu behalten, dann soll es so sein."

„Das müssen Sie nicht tun", sagte Cole mit ruhiger, aber fester Stimme. „Es gibt noch einen Ausweg. Lassen Sie die Geiseln gehen, dann können wir reden. Wir können das klären, ohne dass jemand verletzt wird."

Jared grinste höhnisch und umklammerte seine Waffe fester. „Es gibt keinen Ausweg für uns, Cole. Dafür hast du gesorgt."

Coles Herz raste, als er sah, wie Jareds Finger am Abzug zuckte. Er musste schnell handeln – bevor die Situation außer Kontrolle geriet. Er trat einen Schritt vor, sein Blick blieb auf Jared gerichtet.

„Du hast recht", sagte Cole mit leiser Stimme. „Es gibt für dich keinen Ausweg. Aber du musst keine unschuldigen Menschen mit in den Abgrund reißen."

Einen Moment lang war die Luft im Lagerhaus voller Anspannung, der Sturm draußen hallte den Sturm drinnen wider. Cole konnte den Konflikt in Jareds Augen sehen, die Verzweiflung und Wut, die mit der Angst kämpften, alles zu verlieren.

Und dann senkte Jared mit einer plötzlichen Bewegung seine Waffe.

„Lasst sie gehen", bellte er seine Männer an. „Es ist vorbei."

Die Geiseln wurden freigelassen. Auf ihren entsetzten Gesichtern war eine Mischung aus Erleichterung und Unglauben zu sehen, als sie zur Tür eilten. Cole stieß den Atem aus, ohne zu merken, dass er ihn angehalten hatte.

Mia trat neben ihn, ihre Augen immer noch wachsam. „Wir haben es geschafft."

Doch als die Geiseln in Sicherheit flohen, wusste Cole, dass dies nicht wirklich das Ende war. Die Garrets waren erledigt, ja. Doch die Schatten von Graymoor waren tief, und es würde immer diejenigen geben, die die Vergangenheit begraben wollten.

Cole steckte seine Waffe weg und blickte Mia mit ruhiger Stimme an. „Fürs Erste ist es vorbei."

Doch tief in seinem Inneren wusste er, dass der Kampf noch nicht endgültig vorbei war.

Noch nicht.